莎士比亚全集·中文本（典藏版）
William Shakespeare: Complete Works

［英］威廉·莎士比亚（William Shakespeare）著
辜正坤 主编／邵雪萍 译

科 利 奥 兰 纳 斯

The Tragedy of Coriolanus

外语教学与研究出版社
北京

京权图字：01-2016-5006

THE TRAGEDY OF CORIOLANUS
Copyright © The Royal Shakespeare Company, 2007
All rights reserved.
Published by arrangement with Random House, an imprint of the Random House Publishing Group,
a division of Random House, Inc.

图书在版编目 (CIP) 数据

科利奥兰纳斯／（英）威廉·莎士比亚（William Shakespeare）著；邵雪萍译.
北京：外语教学与研究出版社，2024.6. ——（莎士比亚全集／辜正坤主编）.
ISBN 978-7-5213-5349-5

Ⅰ. I561.33
中国国家版本馆 CIP 数据核字第 2024GU2068 号

科利奥兰纳斯

KELI'AOLANNASI

出 版 人　王　芳
项目负责　邢印姝　郭芮萱
责任编辑　李亚琦
责任校对　宋锦霞
封面设计　张　潇
出版发行　外语教学与研究出版社
社　　址　北京市西三环北路 19 号（100089）
网　　址　https://www.fltrp.com
印　　刷　三河市紫恒印装有限公司
开　　本　710×1000　1/16
印　　张　12.5
字　　数　200 千字
版　　次　2024 年 6 月第 1 版
印　　次　2024 年 6 月第 1 次印刷
书　　号　ISBN 978-7-5213-5349-5
定　　价　68.00 元

如有图书采购需求，图书内容或印刷装订等问题，侵权、盗版书籍等线索，请拨打以下电话或关注官方服务号：
客服电话：400 898 7008
官方服务号：微信搜索并关注公众号"外研社官方服务号"
外研社购书网址：https://fltrp.tmall.com

物料号：353490001

出版说明

1623 年，莎士比亚的演员同僚们倾注心血结集出版了历史上第一部《莎士比亚全集》——著名的第一对开本，这是三百多年来许多导演和演员最为钟爱的莎士比亚文本。2007 年，由英国皇家莎士比亚剧团（Royal Shakespeare Company）推出的《莎士比亚全集》，则是对第一对开本首次全面的修订。

本套《莎士比亚全集》新汉译本，正是依据当今莎学界最负声望的皇家版《莎士比亚全集》翻译而成。译本的凡例说明如下：

一、**文体**：剧文有诗体和散体之分。未及最右行末即转行的为诗体。文字连排、直至最右行末转行的，则为散体。

二、**舞台提示**：

1）角色的上场与下场及其他舞台提示以仿宋体排出，穿插于剧文中的舞台提示以圆括号进行标注，如：(对亨利王子)。

2）舞台提示中的特殊符号。译本所依据的皇家版《莎士比亚全集》的编辑者对舞台提示中的不确定情形以特殊符号予以标注，译本亦保留了这些符号：如（旁白？）表示某行剧文既可作为旁白，亦可当作对话；又如某个舞台活动置于箭头 ↓↓ 之间，表示它可发生在一场戏中的多个不同时刻。

三、**脚注**：脚注中除标注有"译者附注"字样的，均译自或改编自皇家版《莎士比亚全集》注释。脚注多为对剧文中背景知识及专名的解释，以使读者更好地理解剧情；亦包含部分与英文原文相关的脚注，以使读者在品味译者的佳文时，亦体验到英文原文的精妙。

四、文本：译本以第一对开本为蓝本，部分剧目中四开本与之明显相异的段落亦有译出，附于正文之后，供读者参考。

此《莎士比亚全集》新汉译本历经策划、翻译、编辑加工和印装等工序，各个环节的参与者均竭尽全力，力求完美，但由于水平、精力所限，难免有所错漏，敬请广大读者赐教指正。

外语教学与研究出版社

综合出版事业部

莎士比亚诗体重译集序

辜正坤

他非一代骚人，实属万古千秋。

这是英国大作家本·琼森（Ben Jonson）在第一部《莎士比亚全集》（*Mr. William Shakespeares Comedies, Histories, & Tragedies*, 1623）扉页上题诗中的诗行。三百多年来，莎士比亚在全球逐步成为一个家喻户晓的名字，似乎与这句预言在在呼应。但这并非偶然言中，有许多因素可以解释莎士比亚这一巨大的文化现象产生的必然性。最关键的，至少有下面几点。

首先，其作品内容具有惊人的多样性。世界上很难有第二个作家像莎士比亚这样能够驾驭如此广阔的题材。他的作品内容几乎无所不包，称得上英国社会的百科全书。帝王将相、走卒凡夫、才子佳人、恶棍屠夫……一切社会阶层都展现于他的笔底。从海上到陆地，从宫廷到民间，从国际到国内，从灵界到凡尘……笔锋所指，无处不至。悲剧、喜剧、历史剧、传奇剧，叙事诗、抒情诗……都成为他显示天才的文学样式。从哲理的韵味到浪漫的爱情，从盘根错节的叙述到一唱三叹的诗思，波涛汹涌的情怀，妙夺天工的笔触，凡开卷展读者，无不为之抚掌称绝。即使只从莎士比亚使用过的海量英语词汇来看，也令人产生仰之弥高的感觉。德国语言学家马克斯·缪勒（Max Müller）原以为莎士比亚使用过的词汇最多为 15,000 个，事后证明这当然是小看了语言大师的词汇储藏量。美国教授爱德华·霍尔登（Edward Holden）经过一番考察后，认为至少达 24,000 个。可是他哪里知道，这依然是一种低估。有学者甚至声称用电脑检索出莎士比亚用的词汇多达 43,566 个！当然，这些数据还不是莎士比亚作品之所以产生空前影响的关键因素。

其次，但也许是更重要的原因：他的作品具有极高的娱乐性。文学作品的生命力在于它能寓教于乐。莎士比亚的作品不是枯燥的说教，而是能够给予读者或观众极大艺术享受的娱乐性创造物，往往具有明显的煽情效果，有意刺激人的欲望。这种艺术取向当然不是纯粹为了娱乐而娱乐，掩藏在背后的是当时西方人强有力的人本主义精神，即用以人为本的价值观来对抗欧洲上千年来以神为本的宗教价值观。重欲望、重娱乐的人本主义倾向明显对重神灵、重禁欲的神本主义产生了极大的挑战。当然，莎士比亚的人本主义与中国古人所主张的人本主义有很大的区别。要而言之，前者在相当大的程度上肯定了人的本能欲望或原始欲望的正当性，而后者则主要强调以人的仁爱为本规范人类社会秩序的高尚的道德要求。二者都具有娱乐效果，但前者具有纵欲性或开放性娱乐效果，后者则具有节欲性或适度自律性娱乐效果。换句话说，对于 16、17 世纪的西方人来说，莎士比亚的作品暗中契合了试图挣脱过分禁欲的宗教教义的约束而走向个性解放的千百万西方人的娱乐追求，因此，它会取得巨大成功是势所必然的。

第三，时势造英雄。人类其实从来不缺善于煽情的作手或视野宏阔的巨匠，缺的常常是时势和机遇。莎士比亚的时代恰恰是英国文艺复兴思潮达到鼎盛的时代。禁欲千年之久的欧洲社会如堤坝围裹的宏湖，表面上浪静风平，其底层却汹涌着决堤的纵欲性暗流。一旦湖堤洞开，飞涛大浪呼卷而下，浩浩汤汤，汇作长河，而莎士比亚恰好是河面上乘势而起的弄潮儿，其迎合西方人情趣的精湛表演，遂赢得两岸雷鸣般的喝彩声。时势不光涵盖社会发展的总趋势，也牵连着别的因素。比如说，文学或文化理论界、政治意识形态对莎士比亚作品理解、阐释的多样性与莎士比亚作品本身内容的多样性产生相辅相成的效果。"说不尽的莎士比亚"成了西方学术界的口头禅。西方的每一种意识形态理论，尤其是文学理论，要想获得有效性，都势必会将阐释莎士比亚的作品作为试金石。17 世纪初的人文主义，18 世纪的启蒙主义，19 世纪的浪漫主义，20 世纪的现实主义或批判现实主义，都不同程度地、选择性地把莎士比亚作品作为阐释其理论特点的例证。也许 17 世纪的古典主义曾经阻遏过西方人对莎士比亚作品的过度热情，但是 19 世纪的浪漫主义流派却把莎士比亚作品推崇到无以复加的崇高地位，莎士比亚俨然成了西方文学的神灵。20 世纪以来，西方资本主义阵营和社会主义阵营可以说在意识形态的各个方面都互相对立，势同水火，可是在对待莎士比亚的问题上，居然有着惊人的共识与默契。不用说，社会主义阵营的立场与社会主义理论的创始人马克思（Karl Marx）、恩格斯（Friedrich Engels）个人的审美情趣息息相关。马克思一家都是莎士比亚的粉丝；马克思称莎士比亚为"人类最伟大的天才之一，人类文学奥林波斯山上的宙斯"！他号召作家们要更加莎士比亚化。恩格斯甚至指出："单是《快乐的温莎巧妇》[1]的第一幕就比全部德国文学包含着更多的生活气息。"不用说，这些话多多少少有某种程度的文学性夸张，但对莎士比亚的崇高地位来说，却无疑产生了极大的推动作用。

　　第四，1623 年版《莎士比亚全集》奠定莎士比亚崇拜传统。这个版本即眼前译本所依据的皇家版《莎士比亚全集》（*The RSC William Shakespeare: Complete Works*, 2007）的主要内容。该版本产生于莎士比亚去世的第七年。莎士比亚的舞台同仁赫明奇（John Heminge）和康德尔（Henry Condell）整理出版了第一部莎士比亚戏剧集。当时的大学者、大

1　英文剧名为 The Merry Wives of Windsor，朱生豪先生译作《温莎的风流娘儿们》；重译本综合考虑剧情和英文书名，译作《快乐的温莎巧妇》。

作家本·琼森为之题诗,诗中写道:"他非一代骚人,实属万古千秋。"这个调子奠定了莎士比亚偶像崇拜的传统。而这个传统一旦形成,后人就难以反抗。英国文学中的莎士比亚偶像崇拜传统已经形成了一种自我完善、自我调整、自我更新的机制。至少近两百年来,莎士比亚的文学成就已被宣传成世界文学的顶峰。

第五,现在署名"莎士比亚"的作品很可能不只是莎士比亚一个人的成果,而是凝聚了当时英国若干戏剧创作精英的团体努力。众多大作家的智慧浓缩在以"莎士比亚"为代号的作品集中,其成就的伟大性自然就获得了解释。当然,这最后一点只是莎士比亚研究界若干学者的研究性推测,远非定论。有的莎士比亚著作爱好者害怕一旦证明莎士比亚不是署名为"莎士比亚"的著作的作者,莎士比亚的著作便失去了价值,这完全是杞人忧天。道理很简单,人们即使证明了《红楼梦》的作者不是曹雪芹,或《三国演义》的作者不是罗贯中,也丝毫不影响这些作品的伟大价值。同理,人们即使证明了《莎士比亚全集》不是莎士比亚一个人创作的,也丝毫不会影响《莎士比亚全集》是世界文学中的伟大作品这个事实,反倒会更有力地证明这个事实,因为集体的智慧远胜于个人。

皇家版《莎士比亚全集》译本翻译总思路

横亘于前的这套新译本,是依据当今莎学界最负声望的皇家版《莎士比亚全集》进行翻译的,而皇家版又正是以本·琼森题过诗的1623年版《莎士比亚全集》为主要依据。

这套译本是在考察了中国现有的各种译本后,根据新的历史条件和新的翻译目的打造出来的。其总的翻译思路是本套译本主编会同外语教学与研究出版社的相关领导和责任编辑讨论的结果。总起来说,皇家版《莎士比亚全集》译本在翻译思路上主要遵循了以下几条：

1. 版本依据。如上所述，本版汉译本译文以英国皇家版《莎士比亚全集》为基本依据。但在翻译过程中，译者亦酌情参阅了其他版本，以增进对原作的理解。

2. 翻译内容包括：内页所含全部文字。例如作品介绍与评论、正文、注释等。

3. 注释处理问题。对于注释的处理：1）翻译时，如果正文译文已经将英文版某注释的基本含义较准确地表达出来了，则该注释即可取消；2）如果正文译文只是部分地将英文版对应注释的基本含义表达出来，则该注释可以视情况部分或全部保留；3）如果注释本身存疑，可以在保留原注的情况下，加入译者的新注。但是所加内容务必有理有据。

4. 翻译风格问题。对于风格的处理：1）在整体风格上，译文应该尽量逼肖原作整体风格，包括以诗体译诗体，以散体译散体；2）在具体的文字传输处理上，通常应该注重汉译本身的文字魅力，增强汉译本的可读性。不宜太白话，不宜太文言；文白用语，宜尽量自然得体。句子不要太绕，注意汉语自身表达的句法结构，尤其是其逻辑表达方式。意义的异化性不等于文字形式本身的异化性，因此要注意用汉语的归化性来传输、保留原作含义的异化性。朱生豪先生的译本语言流畅、可读性强，但可惜不是诗体，有违原作形式。当下译本是要在承传朱先生译本优点的基础上，根据新时代的读者审美趣味，取得新的进展。梁实秋先生等的译本，在达意的准确性上，比朱译有所进步，也是我们应该吸纳的优点。但是梁译文采不足，则须注意避其短。方平先生等的译本，也把莎士比亚翻译往前推进了一步，在进行大规模诗体翻译方面作出了宝贵的尝试，但是离真正的诗体尚有距离。此外，前此的所有译本对于莎士比亚原作的色情类用语都有程度不同的忽略，本套皇家版译本则尽力在此方面还原莎士比亚的本真状态（论述见后文）。其他还有一些译本，亦都应该受到我们的关注，处理原则类推。每种译本都有自己独特的东西。我们希望美的译文是这套译本的突出特点。

5. 借鉴他种汉译本问题。凡是我们曾经参考过的较好的译本，都在适当的地方加以注明，承认前辈译者的功绩。借鉴利用是完全必要的，但是要正大光明，避免暗中抄袭。

6. 具体翻译策略问题特别关键，下文将其单列进行陈述。

莎士比亚作品翻译领域大转折：真正的诗体译本

莎士比亚首先是一个诗人。莎士比亚的作品基本上都以诗体写成。因此，要想尽可能还原本真的莎士比亚，就必须将莎士比亚作品翻译成为诗体而不是散文，这在莎学界已经成为共识。但是紧接而来的问题是：什么叫诗体？或需要什么样的诗体？

按照我们的想法：1）所谓诗体，首先是措辞上的诗味必须尽可能浓郁；2）节奏上的诗味（包括分行）等要予以高度重视；3）结合中国人的审美习惯，剧文可以押韵，也可以不押韵。但不押韵的剧文首先要满足前两个要求。

本全集翻译原计划由笔者一个人来完成。但是，莎士比亚的创作具有惊人的多样性，其作品来源也明显具有莎士比亚时代若干其他作家与作品的痕迹，因此，完全由某一个译者翻译成一种风格，也许难免偏颇，难以和莎士比亚风格的多样性相呼应。所以，集众人的力量来完成大业，应该更加合理，更加具有可操作性。

具体说来，新时代提出了什么要求？简而言之，就是用真正的诗体翻译莎士比亚的诗体剧文。这个任务，是朱生豪先生无法完成的。朱先生说过，他在翻译莎士比亚作品时，"当然预备全部用散文译出，否则将要了我的命"。[1] 显然，朱先生也考虑过用诗体来翻译莎士比亚著作的问题，但是他的结论是：第一，靠单独一个人用诗体翻译《莎士比亚全集》是办不到的，会因此累死；第二，他用散文翻译也是不得已的办法，因为只有这样他才有可能在有生之年完成《莎士比亚全集》的翻译工作。

　　将《莎士比亚全集》翻译成诗体比翻译成散文体要难得多。难到什么程度呢？和朱生豪先生的翻译进度比较一下就知道了。朱先生翻译得最快的时候，一天可以翻译一万字。[2] 为什么会这么快？朱先生才华过人，这当然是一个因素，但关键因素是：他是用散文翻译的。用真正的诗体就不一样了。以笔者自己的体验，今日照样用散文翻译莎士比亚剧本，最快时也可达到每日一万字。这是因为今日的译者有比以前更完备的注释本和众多的前辈汉译本作参考，至少在理解原著时，要比朱先生当年省力得多，所以翻译速度上最高达到一万字是不难的。但是翻译成诗体就是另外一回事了。这比自己写诗还要难得多。写诗是自己随意发挥，译诗则必须按照别人的意思发挥，等于是戴着镣铐跳舞。笔者自己写诗，诗兴浓时，一天数百行都可以写得出来，但是翻译诗，一天只能是几十行，统计成字数，往往还不到一千字，最多只是朱生豪先生散文翻译速度的十分之一。梁实秋先生翻译《莎士比亚全集》用的也是散文，但是也花了 37 年，如果要翻译成真正的诗体，那么至少得 370 年！由此可见，真正的诗体《莎士比亚全集》汉译本的诞生，有多么艰难。此次笔者约稿的各位译者，都是用诗体翻译，并且都表示花费了大量的时间，

1　见朱生豪大约在 1936 年夏致宋清如信："今天下午，我试译了两页莎士比亚，还算顺利，不　　过恐怕终于不过是 Poor Stuff 而已。当然预备全部用散文译出，否则将要了我的命。"（《伉　　俪：朱生豪宋清如诗文选》下卷，中国青年出版社，2013 年，第 94 页）

2　朱生豪："今天因为提起了精神，却很兴奋，晚上译了六千字，今天一共译一万字。"（同上，　　第 101 页）

皇家版《莎士比亚全集》译本凝聚了诸位译者的多少努力，也就不言而喻了。

翻译诗体分辨：不是分了行就是真正的诗

主张将莎士比亚剧作翻译成诗体成了共识，但是什么才是诗体，却缺乏共识。在白话诗盛行的时代，许多人只是简单地认定分了行的文字就是诗这个概念。分行只是一个初级的现代诗要求，甚至不必是必然要求，因为有些称为诗的文字甚至连分行形式都没有。不过，在莎士比亚作品的翻译上，要让译文具有诗体的特征，首先是必定要分行的，因为莎士比亚原作本身就有严格的分行形式。这个不用多说。但是译文按莎士比亚的方式分了行，只是达到了一个初级的低标准。莎士比亚的剧文读起来像不像诗，还大有讲究。

卞之琳先生对此是颇有体会的。他的译本是分行式诗体，但是他自己也并不认为他译出的莎士比亚剧本就是真正的诗体译本。他说：读者阅读他的译本时，"如果……不感到是诗体，不妨就当散文读，就用散文标准来衡量"。[1]这是一个诚实的译者说出的诚实话。不过，卞先生很谦虚，他有许多剧文其实读起来还是称得上诗体的。原因是什么？原因是他注意到了笔者上文提到的两点：第一，诗的措辞；第二，诗的节奏。只不过他迫于某些客观原因，并没有自始至终侧重这方面的追求而已。

显然，一些译本翻译了莎士比亚的剧文，在行数上靠近莎士比亚原作，措辞也还流畅。这些是不是就是理想的诗体莎士比亚译本呢？笔者认为，这还不够。什么是诗，对于中国人来说有几千年的历史，我们不

1　卞之琳：《莎士比亚悲剧四种》，方志出版社，2007年，第4页。

能脱离这个悠久的传统来讨论这个问题。为此，我们不得不重新提到一些基本概念：什么是诗？什么是诗歌翻译？

诗歌是语言艺术，诗歌翻译也就必须是语言艺术

讨论诗歌翻译必须从讨论诗歌开始。

诗主情。诗言志。诚然。但诗歌首先应该是一种精妙的语言艺术。同理，诗歌的翻译也就不得不首先表现为同类精妙的语言艺术。若译者的语言平庸而无光彩，与原作的语言艺术程度差距太远，那就最多只是原诗含义的注释性文字，算不得真正的诗歌翻译。

那么，何谓诗歌的语言艺术？

无他，修辞造句、音韵格律一整套规矩而已。无规矩不成方圆，无限制难成大师。奥运会上所有的技能比赛，无不按照特定的规矩来显示参赛者高妙的技能。德国诗人歌德（Johann Wolfgang von Goethe）《自然和艺术》（"Natur und Kunst"）一诗最末两行亦彰扬此理：

非限制难见作手，

唯规矩予人自由。[1]

艺术家的"自由"，得心应手之谓也。诗歌既为语言艺术，自然就有一整套相应的语言艺术规则。诗人应用这套规则时，一旦达到得心应手的程度，那就是达到了真正成熟的境界。当然，规矩并非一点都不可打破，但只有能够将规矩使用到随心所欲而不逾矩的程度的人，才真正有资格去创立新规矩，丰富旧规矩。创新是在承传旧规则长处的基础上来进行的，而不是完全推翻旧规则，肆意妄为。事实证明，在语言艺术上

1　In der Beschränkung zeigt sich erst der Meister, / Und das Gesetz nur kann uns Freiheit geben. 参见 http://www.business-it.nl/files/7d413a5dca62fc735a072b16fbf050b1-27.php.

凡无视积淀千年的诗歌语言规则，随心所欲地巧立名目、乱行胡来者，
永不可能在诗歌语言艺术上取得大的成就，所以歌德认为：

> 若徒有放任习性，
>
> 则永难至境遨游。[1]

诗歌语言艺术如此需要规则，如此不可放任不羁，诗歌的翻译自然
也同样需要相类似的要求。这个要求就是笔者前面提出的主张：若原诗
是精妙的语言艺术，则理论上说来，译诗也应是同类精妙的语言艺术。

但是，"同类"绝非"同样"。因为，由于原作和译作使用的语言载
体不一样，其各自产生的语言艺术规则和效果也就各有各的特点，大多
不可同样复制、照搬。所以译作的最高目标，是尽可能在译入语的语言
艺术领域达到程度大致相近的语言艺术效果。这种大致相近的艺术效果
程度可叫作"最佳近似度"。它实际上也就是一种翻译标准，只不过针
对不同的文类，最佳近似度究竟在哪些因素方面可最佳程度地（并不一
定是最大程度地）取得近似效果，不是一成不变的，而是具有高度的灵
活性。不同的文类，甚至针对不同的受众，我们都可以设定不同的最佳
近似度。这点在拙著《中西诗比较鉴赏与翻译理论》（清华大学出版社，
2010 年）的相关章节中有详细的厘定，此不赘。

话与诗的关系：话不是诗

古人的口语本来就是白话，与现在的人说的口语是白话一个道理。

---

1 Vergebens werden ungebundene Geister / Nach der Vollendung reiner Höhe streben.
 参见 http://www.cosmiq.de/qa/show/3454062/Vergebens-werden-ungebundne-Geister-
 Nach-der-Vollendung-reiner-Hoehe-streben-Was-ist-die-Bedeutung-dieser-2-Verse-Ich-komm-
 nicht-drauf/t.

正因为白话太俗，不够文雅，古人慢慢将白话进行改进，使它更加规范、更加准确，并且用语更加丰富多彩，于是文言产生。在文言的基础上，还有更文的文字现象，那就是诗歌，于是诗歌产生。所以就诗歌而言，文言味实际上就是一种特殊的诗味。文言有浅近的文言，也有佶屈聱牙的文言。中国传统诗歌绝大多数是浅近的文言，但绝非口语、白话。诗中有话的因素，自不待言，但话的因素往往正是诗试图抑制的成分。

文言和诗歌的产生是低俗的口语进化到高雅、准确层次的标志。文言和诗歌的进一步发展使得语言的艺术性愈益增强。最终，文言和诗歌完成了艺术性语言的结晶化定型。这标志着古代文学和文学语言的伟大进步。《诗经》、楚辞、唐诗、宋词、元明戏曲，以及从先秦、汉、唐、宋、元至明清的散文等，都是中国语言艺术逐步登峰造极的明证。

人们往往忘记：话不是诗，诗是话的升华。话据说至少有**几十万年**的历史，而诗却只有**几千年**的历史。白话通过漫长的岁月才升华成了诗。因此，从理论上说，白话诗不是最好的诗，而只是低层次的、初级的诗。当一行文字写得不像是话时，它也许更像诗。"太阳落下山去了"是话，硬说它是诗，也只是平庸的诗，人人可为。而同样含义的"白日依山尽"不像是话，却是真正的诗，非一般人可为，只有诗人才写得出。它的语言表达方式与一般人的通用白话脱离开来了，实现了与通用语的偏离（deviation from the norm）。这里的通用语指人们天天使用的白话。试想把唐诗宋词译成白话，还有多少诗味剩下来？

谢谢古代先辈们一代又一代、不屈不挠的努力，话终于进化成了诗。

但是，20 世纪初一些激进的中国学者鼓荡起一场声势浩大的白话文运动。

客观说来，用白话文来书写、阅读自然科学和人文科学文献，例如哲学、政治学、伦理学、经济学等等文献，这都是**伟大的进步**。这个进步甚至可以上溯到八百多年前朱熹等大学者用白话体文章传输理学思想。对此笔者非常拥护，非常赞成。

但是约一百年前的白话诗运动却未免走向了极端，事实上是一种语言艺术方面的倒退行为。已经高度进化的诗词曲形式被强行要求返祖回归到三千多年前的类似白话的状态，已经高度语言艺术化了的诗被强行要求退化成话。艺术性相对较低的白话反倒成了正统，艺术性较高的诗反倒成了异端。其实，容许口语类白话诗和文言类诗并存，这才是正确的选择。但一些激进学者故意拔高白话地位，在诗歌创作领域搞成白话至上主义，这就走上了极端主义道路。

这个运动影响到诗歌翻译的结果是什么呢？结果是西方所有的大诗人，不论是古代的还是近代的，如荷马（Homer）、但丁（Dante）、莎士比亚、歌德、雨果（Victor Hugo）、普希金（Alexander Pushkin）……都莫名其妙地似乎用同一支笔写出了 20 世纪初才出现的味道几乎相同的白话文汉诗！

将产生这种极端性结果的原因再回推，我们会清楚地明白，当年的某些学者把文学艺术简单雷同于人文社会科学，误解了文学艺术，尤其是诗歌艺术的特殊性质，误以为诗就是话，混淆了诗与话的形式因素。

针对莎士比亚戏剧诗的翻译对策

由上可知，莎士比亚的剧文既然大多是格律诗，无论有韵无韵，它们都是诗，都有格律性。因此在汉译中，我们就有必要显示出它具有格律性，而这种格律性就是诗性。

问题在于，格律性是附着在语言形式上的，语言改变了，附着其上的格律性也就大多会消失。换句话说，格律大多不可复制或模仿，这就正如用钢琴弹不出二胡的效果，用古筝奏不出黑管的效果一样。但是，原作的内在旋律是可以模仿的，只是音色变了。原作的诗性是可以换个形式营造的，这就是利用汉语本身的语言特点营造出大略类似的语言艺术审美效果。

由于换了另外一种语言媒介，原作的语音美设计大多已经不能照搬、复制，甚至模拟了，那么我们就只好断然舍弃掉原作的许多语音美设计，而代之以译入语自身的语言艺术结构产生的语音美艺术设计。当然，原作的某些语音美设计还是可以尝试模拟保留的，但在通常的情况下，大多数的语音美已经不可能传输或复制了。

利用汉语本身的语音审美特点来营造莎士比亚诗歌的汉译语音审美效果，是莎士比亚作品翻译的一个有效途径。机械照搬原作的语音审美模式多半会失败，并且在大多数的场合下也没有必要。

具体说来，这就涉及翻译莎士比亚戏剧作品时该如何处理：1）节奏；2）韵律；3）措辞。笔者主张，在这三个方面，我们都可以适当借鉴利用中国古代词曲体的某些因素。戏剧剧文中的诗行一般都不宜多用单调的律诗和绝句体式。元明戏剧为什么没有采用前此盛行的五言或七言诗行而采用了长短错杂、众体皆备的词曲体？这是一种艺术形式发展的必然。元明曲体由于要更好更灵活地满足抒情、叙事、论理等诸多需要，故借用发展了词的形式，但不是纯粹的词，而是融入了民间语汇。词这种形式涵盖了一言、二言、三言、四言、五言、六言、七言、八言……乃至十多言的长短句式，因此利于表达变化莫测的情、事、理。从这个意义上看，莎士比亚剧文语言单位的参差不齐状态与中文词曲体句式的参差不齐状态正好有某种相互呼应的效果。

也许有人说，莎士比亚的剧文虽然是格律诗，但并不怎么押韵，因此汉诗翻译也就不必押韵。这个说法也有一定道理，但是道理并不充实。

首先，我们应该明白，既然莎士比亚的剧文是诗体，人们读到现今的散体译文或不押韵的分行译文却难以感受到其应有的诗歌风味，原因即在于其音乐性太弱。如果人们能够照搬莎士比亚素体诗所惯常用的音步效果及由此引起的措辞特点，当然更好。但事实上，原作的节奏效果是印欧语系语言本身的效果，换了一种语言，其效果就大多不能搬用了，所以我们只好利用汉语本身的优势来创造新的音乐美。这种音乐美很难说是原作的音乐美，但是它毕竟能够满足一点：即诗体剧文应该具有诗歌应有的音乐美这个起码要求。而汉译的押韵可以强化这种音乐美。

其次，莎士比亚的剧文不押韵是由诸多因素造成的。第一，属于印欧语系语言的英语在押韵方面存在先天的多音节不规则形式缺陷，导致押韵词汇范围相对较窄。所以对于英国诗人来说，很苦于押韵难工；莎士比亚的许多押韵体诗，例如十四行诗，在押韵方面都不很工整。其次，莎士比亚的剧文虽不押韵，却在节奏方面十分考究，这就弥补了音韵方面的不足。第三，莎士比亚的剧文几乎绝大多数是诗行，对于剧作者来说，每部长达两三千行的诗行行都要押韵，这是一个极大的挑战，很难完成。而一旦改用素体，剧作者便会轻松得多。但是，以上几点对于汉语译本则不是一个问题。汉语的词汇及语音构成方式决定了它天生就是一种有利于押韵的艺术性语言。汉语存在大量同韵字，押韵是一件很容易的事情。汉语的语音音调变化也比莎士比亚使用的英语的音调变化空间大一倍以上。汉语音调至少有四种（加上轻重变化可达六至八种），而英语的音调主要局限于轻重语调两种，所以存在于印欧语系文字诗歌中的频频押韵有时会产生的单调感，在汉语中会在很大程度上由于语调的多变而得到缓解。故汉语戏剧剧文在押韵方面有很大的潜在优势空间，实际上元明戏剧剧文频频押韵就是证明。

第三，莎士比亚的剧文虽然很多不押韵，但却具极强的节奏感。他惯用的格律多半是抑扬格五音步（iambic pentameter）诗行。如果我们在节奏方面难以传达原作的音美，或者可以通过韵律的音美来弥补节奏美的丧失，这种翻译对策谓之堤内损失堤外补，亦谓失之东隅，收之桑榆。我们的语言在某方面有缺陷，可以通过另一方面的优点来弥补。当然，笔者主张在一定程度上借鉴利用传统词曲的风味，却并不主张使用宋词、元曲式的严谨格律，而只是追求一种过分散文化和过分格律化之间的妥协状态。有韵但是不严格，要适当注意平仄，但不过多追求平仄效果及诗行的整齐与否；不必有太固定的建行形式，只是根据诗歌本身的内容和情绪赋予适当的节奏与韵式。在措辞上则保持与白话有一段距离，但是绝非佶屈聱牙的文言，而是趋近典雅、但普通读者也能读懂的语言。

最后，根据翻译标准多元互补论原理，由于莎士比亚作品在内容、形式及审美效应方面具有多样性，因此，只用一种类乎纯诗体译法来翻译所有的莎士比亚剧文，也是不完美的，因为单一的做法也许无形中堵塞了其他有益的审美趣味通道。因此，这套译本的译风虽然整体上强调诗化、诗味，但是在营造诗味的途径和程度上不是单一的。我们允许诗体译风的灵活性和创新性。多译者译法实际上也是在探索诗体译法的诸多可能性，这为我们将来进一步改进这套译本铺垫了一条较宽的道路。因此，译文从严格押韵、半押韵到不押韵的各个程度，译本都有涉猎。但是，无论是否押韵，其节奏和措辞应该总是富于诗意，这个要求则是统一的。这是我们对皇家版《莎士比亚全集》译本的语言和风格要求。不能说我们能完全达到这个目标，但我们是往这个方向努力的。正是这样的努力，使这套译本与前此译本有很大的差异，在一定的意义上来说，标志着中国莎士比亚著作翻译的一次大转折。

翻译突破：还原莎士比亚作品禁忌区域

另有一个课题是中国学者从前讨论得比较少的禁忌领域，即莎士比亚著作中的性描写现象。

许多西方学者认为，莎士比亚酷爱色情字眼，他的著作渗透着性描写、性暗示。只要有机会，他就总会在字里行间，用上与性相联系的双关语。西方人很早就搜罗莎士比亚著作的此类用语，编纂了莎士比亚淫秽用语词典。这类词典还不止一种。1995 年，我又看到弗朗基·鲁宾斯坦（Frankie Rubinstein）等编纂了《莎士比亚性双关语释义词典》（*A Dictionary of Shakespeare's Sexual Puns and Their Significance*），厚达 372 页。

赤裸裸的性描写或过多的淫秽用语在传统中国文学作品中是受到非议的，尽管有《金瓶梅》这样被判为淫秽作品的文学现象，但是中国传统的主流舆论还是抑制这类作品的。莎士比亚的作品固然不是通常意义上的淫秽作品，但是它的大量实际用语确实有很强的色情味。这个极鲜明的特点恰恰被前此的所有汉译本故意掩盖或在无意中抹杀掉。莎士比亚的所有汉译者，尤其是像朱生豪先生这样的译者，显然不愿意中国读者看到莎士比亚的文笔有非常泼辣的大量使用性相关脏话的特点。这个特点多半都被巧妙地漏译或改译。于是出现一种怪现象，莎士比亚著作中有些大段的篇章变成汉语后，尽管读起来是通顺的，读者对这些话语却往往感到莫名其妙。以《罗密欧与朱丽叶》第一幕第一场前面的 30 行台词为例，这是凯普莱特家两个仆人山普孙与葛莱古里之间的淫秽对话。但是，读者阅读过去的汉译本时，很难看到他们是在说淫秽的脏话，甚至会认为这些对话只是仆人之间的胡话，没有什么意义。

不过，前此的译本对这类用语和描写的态度也并不完全一样，而是依据年代距离在逐步改变。朱生豪先生的译本对这些东西删除改动得最多，梁实秋先生已经有所保留，但还是有节制。方平先生等的译本保留得更多一些，但仍然持有相当的保留态度。此外，从英语的不同版本看，有的版本注释得明白，有的版本故意模糊，有的版本注释者自己也没有弄懂这些双关语，那就更别说中国译者了。

在这一点上，我们目前使用的皇家版《莎士比亚全集》是做得最好的。

那么，我们该怎样来翻译莎士比亚的这种用语呢？是迫于传统中国道德取向的习惯巧妙地回避，还是尽可能忠实地传达莎士比亚的本真用意？我们认为，前此的译本依据各自所处时代的中国人道德价值的接受状态，采用了相应的翻译对策，出现了某种程度的曲译，这是可以理解的，是特定历史条件下的产物。但是，历史在前进，中国人的道德观已经有了很大的改变，尤其是在性禁忌领域。说实话，无论我们怎样真实地还原莎士比亚著作中的性双关描写，比起当代文学作品中有时无所忌讳的淫秽描写来，莎士比亚还真是有小巫见大巫的感觉。换句话说，目前中国人在这方面的外来道德价值接受状态，已经完全可以接受莎士比亚著作中的性双关用语了。因此，我们的做法是尽可能真实还原莎士比亚性相关用语的现象。在通常的情况下，如果直译不能实现这种现象的传输，我们就采用注释。可以说，在这方面，目前这个版本是所有莎士比亚汉译本中做得最超前的。

译法示例

莎士比亚作品的文字具有多种风格，早期的、中期的和晚期的语言风格有明显区别，悲剧、喜剧、历史剧、十四行诗的语言风格也有区别。甚至同样是悲剧或喜剧，莎士比亚的语言风格往往也会很不相同。比如同样是属于悲剧，《罗密欧与朱丽叶》剧文中就常常有押韵的段落，而大悲剧《李尔王》却很少押韵；同样是喜剧，《威尼斯商人》是格律素体诗，而《快乐的温莎巧妇》却大多是散文体。

　　与此现象相应，我们的翻译当然也就有多种风格。虽然不完全一一对应，但我们有意避免将莎士比亚著作翻译成千篇一律的一种文体。从这个意义上说，皇家版《莎士比亚全集》汉译本在某些方面采用了全新的译法。这种全新译法不是孤立的一种译法，而是力求展示多种翻译风格、多种审美尝试。多样化为我们将来精益求精提供了相对更多的选择。如果现在固定为一种单一的风格，那么将来要想有新的突破，就困难了。概括说来，我们的多种翻译风格主要包括：1）有韵体诗词曲风味译法；2）有韵体现代文白融合译法；3）无韵体白话诗译法。下面依次选出若干相应风格的译例，供读者和有关方面品鉴。

一、有韵体诗词曲风味译法

　　有韵体诗词曲风味译法注意使用一些传统诗词曲中诗味比较浓郁的词汇，同时注意遣词不偏僻，节奏比较明快，音韵也比较和谐。但是，它们并不是严格意义上的传统诗词曲，只是带点诗词曲的风味而已。例如：

女巫甲　何时我等再相逢？

　　　　　闪电雷鸣急雨中？

女巫乙　待到硝烟烽火静，

　　　　　沙场成败见雌雄。

女巫丙　残阳犹挂在西空。　　　　　（《麦克白》第一幕第一场）

小丑甲　当时年少爱风流，

　　　　　有滋有味有甜头；

　　　　　行乐哪管韶华逝，

　　　　　天下柔情最销愁。　　　　　（《哈姆莱特》第五幕第一场）

朱丽叶　天未曙，罗郎，何苦别意匆忙？
　　　　鸟音啼，声声亮，惊骇罗郎心房。
　　　　休听作破晓云雀歌，只是夜莺唱，
　　　　石榴树间，夜夜有它设歌场。
　　　　信我，罗郎，端的只是夜莺轻唱。

罗密欧　不，是云雀报晓，不是莺歌，
　　　　看东方，无情朝阳，暗洒霞光，
　　　　流云万朵，镶嵌银带飘如浪。
　　　　星斗如烛，恰似残灯剩微芒，
　　　　欢乐白昼，悄然驻步雾嶂群岗。
　　　　奈何，我去也则生，留也必亡。

朱丽叶　听我言，天际微芒非破晓霞光，
　　　　只是金乌，吐射流星当空亮，
　　　　似明炬，今夜为郎，朗照边邦，
　　　　何愁它曼托瓦路，漫远悠长。
　　　　且稍待，正无须行色皇皇仓仓。

罗密欧　纵身陷人手，蒙斧钺加诛于刑场；
　　　　只要这勾留遂你愿，我欣然承当。
　　　　让我说，那天际灰朦，非黎明醒眼，
　　　　乃月神眉宇，幽幽映现，淡淡辉光；
　　　　那歌鸣亦非云雀之讴，哪怕它
　　　　嚣然振动于头上空冥，嘹亮高亢。
　　　　我巴不得栖身此地，永不他往。
　　　　来吧，死亡！倘朱丽叶愿遂此望。
　　　　如何，心肝？畅谈吧，趁夜色迷茫。

　　　　　　　　　　　　（《罗密欧与朱丽叶》第三幕第五场）

二、有韵体现代文白融合译法

有韵体现代文白融合译法的特点是：基本押韵，措辞上白话与文言尽量能够水乳交融；充分利用诗歌的现代节奏感，俾便能够念起来朗朗上口。例如：

哈姆莱特 死，还是生？这才是问题根本：

莫道是苦海无涯，但操戈奋进，

终赢得一片清平；或默对逆运，

忍受它箭石交攻，敢问，

两番选择，何为上乘？

死灭，睡也，倘借得长眠

可治心伤，愈千万肉身苦痛痕，

则岂非美境，人所追寻？死，睡也，

睡中或有梦魇生，唉，症结在此；

倘能撒手这碌碌凡尘，长入死梦，

又谁知梦境何形？念及此忧，

不由人踌躇难定：这满腹疑情

竟使人苟延年命，忍对苦难平生。

假如借短刀一柄，即可解脱身心，

谁甘愿受人世的鞭挞与讥评，

强权者的威压，傲慢者的骄横，

失恋的痛楚，法律的耽延，

官吏的暴虐，甚或默受小人

对贤德者肆意拳脚加身？

谁又愿肩负这如许重担，

流汗、呻吟，疲于奔命，

倘非对死后的处境心存疑云，

惧那未经发现的国土从古至今
无孤旅归来，意志的迷惘
使我辈宁愿忍受现世的忧闷，
而不敢飞身投向未知的苦境？
前瞻后顾使我们全成懦夫，
于是，本色天然的决断决行，
罩上了一层思想的惨淡余阴，
只可惜诸多待举的宏图大业，
竟因此如逝水忽然转向而行，
失掉行动的名分。　　　　（《哈姆莱特》第三幕第一场）

麦克白　　若做了便是了，则快了便是好。
　　　　　若暗下毒手却能横超果报，
　　　　　割人首级却赢得绝世功高，
　　　　　则一击得手便大功告成，
　　　　　千了百了，那么此际此宵，
　　　　　身处时间之海的沙滩、岸畔，
　　　　　何管它来世风险逍遥。但这种事，
　　　　　现世永远有裁判的公道：
　　　　　教人杀戮之策者，必受杀戮之报；
　　　　　给别人下毒者，自有公平正义之手
　　　　　让下毒者自食盘中毒肴。　　　　（《麦克白》第一幕第七场）

损神，耗精，愧煞了浪子风流，
都只为纵欲眠花卧柳，
阴谋，好杀，赌假咒，坏事做到头；

心毒手狠，野蛮粗暴，背信弃义不知羞。

才尝得云雨乐，转眼意趣休。

舍命追求，一到手，没来由

便厌腻个透。呀恰，恰像是钓钩，

但吞香饵，管教你六神无主不自由。

求时疯狂，得时也疯狂，

曾有，现有，还想有，要玩总玩不够。

适才是甜头，转瞬成苦头。

求欢同枕前，梦破云雨后。

唉，普天下谁不知这般儿歹症候，

却避不得便往这通阴曹的天堂路儿上走！

（十四行诗第一百二十九首）

三、无韵体白话诗译法

无韵体白话诗译法的特点是：虽然不押韵，但是译文有很明显的和谐节奏，措辞畅达，有诗味，明显不是普通的口语。例如：

贡妮芮　父亲，我爱您非语言所能表达；

胜过自己的眼睛、天地、自由；

超乎世上的财富或珍宝；犹如

德貌双全、康强、荣誉的生命。

子女献爱，父亲见爱，至多如此；

这种爱使言语贫乏，谈吐空虚：

超过这一切的比拟——我爱您。（《李尔王》第一幕第一场）

李尔　　国王要跟康沃尔说话，慈爱的父亲

要跟他女儿说话，命令、等候他们服侍。

这话通禀他们了吗？我的气血都飙起来了！

火爆？火爆公爵？去告诉那烈性公爵——

不，还是别急：也许他是真不舒服。

人病了，常会疏忽健康时应尽的

责任。身子受折磨，

逼着头脑跟它受苦，

人就不由自主了。我要忍耐，

不再顺着我过度的轻率任性，

把难受病人偶然的发作，错认是

健康人的行为。我的王权废掉算了！

为什么要他坐在这里？这种行为

使我相信公爵夫妇不来见我

是伎俩。把我的仆人放出来。

去跟公爵夫妇讲，我要跟他们说话，

现在就要。叫他们出来听我说，

不然我要在他们房门前打起鼓来，

不让他们好睡。　　　　　（《李尔王》第二幕第二场）

奥瑟罗　　诸位德高望重的大人，

我崇敬无比的主子，

我带走了这位元老的女儿，

这是真的；真的，我和她结了婚，说到底，

这就是我最大的罪状，再也没有什么罪名

可以加到我头上了。我虽然

说话粗鲁，不会花言巧语，

但是七年来我用尽了双臂之力，

直到九个月前，我一直
都在战场上拼死拼活，
所以对于这个世界，我只知道
冲锋向前，不敢退缩落后，
也不会用漂亮的字眼来掩饰
不漂亮的行为。不过，如果诸位愿意耐心听听，
我也可以把我没有化装掩盖的全部过程，
一五一十地摆到诸位面前，接受批判：
我绝没有用过什么迷魂汤药、魔法妖术，
还有什么歪门邪道——反正我得到他的女儿，
全用不着这一套。　　　　　　　（《奥瑟罗》第一幕第三场）

目　录

《科利奥兰纳斯》导言

在《尤力乌斯·凯撒》（*Julius Caesar*）、《安东尼与克莉奥佩特拉》（*Antony and Cleopatra*）和《科利奥兰纳斯》中，莎士比亚对罗马史作的戏剧化处理令人难忘，他是从哪儿了解罗马史的呢？除了细微更动与即兴创作，答案显而易见。尽管他的大多数剧作都涉及对浩瀚文学和戏剧素材的剪切粘贴，但在创作这几部罗马悲剧时，他眼中只有一部伟大著作。

它就是普卢塔克（Plutarch）的《希腊罗马名人传》（*Lives of the Most Noble Grecians and Romanes*）。普卢塔克是希腊人，1世纪时生于维奥蒂亚。他这部著作包括46篇为古代史上的伟人写的传记，均是两相对照，书的一侧写希腊伟人，一侧写罗马伟人，每对传记之间还有个简短的"比较"。"并置"的意图在于提出，诸如"希腊的亚历山大和罗马的尤力乌斯·凯撒相比，谁是更伟大的将领？"之类的问题。莎士比亚在《亨利五世》（*Henry the Fifth*）中调侃了这种并置，剧中的弗鲁爱林（Fluellen）断言蒙茅斯的哈利（Harry of Monmouth）与马其顿的亚历山大（Alexander of Macedon）相像，根据是他们两人的出生地名都以"M"打头，两地都有一条河，而且"两条河里都有鲑鱼"。但这个笑话损的是弗鲁爱林，不是普卢塔克——此外，它和莎士比亚写的所有意味深长的笑话一样，具有严肃的内涵。亚历山大大帝在酒后争执中杀了密友克利图斯（Cleitus），哈利国王则在神清志明时害老朋友福斯塔夫（Falstaff）心碎而死。

对莎士比亚而言，这种比较历史人物的手法是强有力的。宫内大臣对剧作的审查意味着以时事为戏剧素材风险过大，因而写政治剧的最佳方式是取材于历史，让观众自己发现它与当下的相似性。在伊丽莎白女王（Queen Elizabeth）统治末年，这位童贞女王的王位继承人不明，继而引发了层出不穷有关政治阴谋的流言蜚语。写一部刻画一群显赫朝臣（比如说埃塞克斯伯爵 [Earl of Essex] 及其小圈子的成员）企图颠覆王权的剧作确实不合时宜，但写一部反映一群罗马显贵（布鲁图 [Brutus]、卡修斯 [Cassius] 和同伙）阴谋刺杀尤力乌斯·凯撒的剧作，就能借助含蓄的对比提出难以启齿的问题了。

普卢塔克以立传来写史，这种笔法对莎士比亚影响至深。他让这位剧作家领会到，些许带有人情味的细节能表达的东西，往往超过客观有力的史笔直书。普卢塔克在《亚历山大传》（"Life of Alexander"）里对其采用的笔法作了说明："我不想写史，只想写不同人物的生平。因为最高尚的行动并非总能体现人的善恶，而某个随意的场合、一句话、一个玩笑，往往比让万人殒命的著名战役、比伟大的军队、比靠围攻或进击占领的城池更能让人的天性、教养表露无遗。"莎士比亚的罗马剧说明了同样的道理。能使掌控超凡伟力的政治家人性化的是某个特定时刻——只言片语、一个温馨或滑稽的瞬间，例如布鲁图与卡修斯争执后言归于好，战败的克莉奥佩特拉想起那天是她的生日，卡厄斯·马歇斯离开战场后精疲力竭，忘了在科利奥里帮他的人叫什么，等等。

普卢塔克在《卡厄斯·马歇斯·科利奥兰纳斯传》（"Life of Caius Martius Coriolanus"）中简要描述了这位罗马将军的个性。他在科利奥里城紧锁的城门后奋勇杀敌的壮举，为他赢得了"科利奥兰纳斯"这个别名："至于马歇斯，天生的禀赋与伟大的心灵确实奇妙地激发了他的勇气，使他在行动上光明磊落，或者说努力做到光明磊落。可在另一方面，他又缺乏教养，脾气暴躁、毫无耐性，不肯向人低头，这使他粗暴无礼，完全不适于和任何人交谈。"正如"马歇斯"之名能让人联想到战神玛尔斯，科利奥兰纳斯具有一切尚武的美德。他的悲剧在于他完全秉持英勇（拉丁语作 *virtus*）的信条 [1]，欠缺文明生活所需的一切美德。马克·安东尼受情人克莉奥佩特拉吸引，悖离了罗马人的道德；科利奥兰纳斯之母伏伦妮娅则用 *virtus* 为准则来培养科利奥兰纳斯。他妻子是位端庄自律的罗马人，与他伉俪荣谐，通常和一个贞洁伙伴（名为凡勒利娅，与克莉奥佩特拉的伙伴查米恩 [Charmian] 判若云泥）一道出场。他那酷似父亲的儿子小马歇斯因用牙撕掉蝴蝶的翅膀而受到夸奖 [2]，这让我们大致了解了科利奥兰纳斯过去受的是何种教育。"愤怒就是我的食物。"伏伦妮娅道。也许是为了补偿丈夫的过早辞世，她培养了一个时刻准备上阵为罗马效忠的愤怒的年轻人。谁都看得出，她其实是想亲自上阵——在该剧剧末她也确实这么做了。如果说《安东尼与克莉奥佩特拉》写的是罗马精神消亡的悲剧性后果，《科利奥兰纳斯》就是写对这种精神矢志不渝同样导致的悲剧结局。"世人公认，"考密涅斯说，

> 勇敢是最大的美德，
>
> 勇者最受尊崇。要果真如此，
>
> 那我现在说的人，
>
> 就举世无双了……

"要果真如此"：科利奥兰纳斯的说话方式与此相反，可以用他所说的"专横的'应当'"来形容。倘若给"要[是]"留下位置，就会使他的整幅

---

1 拉丁语中的 *virtus* 有美德、男子气概、勇气、优秀、个性、价值等多种含义。——译者附注
2 莎剧原文是写小马歇斯"咬牙切齿地把它撕碎了"（见正文 26 页）。——译者附注

世界图景遭到质疑。[1]

该剧让 *virtus* 的绝对化身与其他声音作了充满敌意的对话。正如《尤力乌斯·凯撒》的情节不是从主人公，而是从民众开始的，（相信历史完全由伟人伟业塑造的）普卢塔克从未给予民众任何发言权。在共和国建国初期，即公元前 5 世纪左右，罗马面临着两个威胁：来自邻邦（以安丁姆和科利奥里为据点的伏尔斯人）的外在威胁，以及贵族与平民分裂造成的内在威胁。科利奥兰纳斯这位尚武的英雄在以武力应对外在威胁上大获成功，可他试图以同样方式来处理城邦内务，这就导致了他的放逐和最终的死亡。开场那幕表明，民众起事确实理由正当：城民甲说"因为肚子饿没面包吃，不是爱报复人"，沉痛抗议了社会不公。这种情况需要外交手腕来应对，可一向"只身[一人]"、信赖刀剑而非良言的科利奥兰纳斯却坚决不肯妥协。他一身傲气，渴望超群轶类，这种态度只在见到母亲、妻儿前来求他饶恕罗马时才有所缓和。伏伦妮娅诉诸家庭纽带劝说他。在她雄辩的求恳后，科利奥兰纳斯犹豫了片刻，他此刻的沉默是莎士比亚笔下最富表现力的无言场景之一。他撇开了对男子汉气概的信仰，接受了家庭纽带，事实上相当于签署了自己的死刑判决书。这是他初次充分认可他人的需要，摆脱了绝对自我的束缚。他意识到自己做了什么的同时，得到了一种心灵的平静；在提及无可避免的结局时，他说"随它去吧"，语气中透出斯多葛式的坚忍。

19 世纪的批评家威廉·黑兹利特（William Hazlitt）说，任何人只要熟悉《科利奥兰纳斯》这部剧作，就无需费时阅读埃德蒙·伯克（Edmund Burk）与汤姆·佩因（Tom Paine）分别为攻击和回护法国大革命写的著作，因为莎士比亚提供了同一问题的两面，既剖析了专制主义与共和政

1　科利奥兰纳斯也曾用一系列的 if（"要是""如果"）来达到令士兵提高士气的目的（见正文 36 至 37 页）。——译者附注

体的优劣，也拷问了贵族政治与民主制的原则。平民、民选代表护民官和在该剧开头提到的无端囤粮的贵族一样理由凿凿。

但黑兹利特认为，从根本上说莎士比亚更偏向专制势力，也就是科利奥兰纳斯本人这方。莎士比亚或是出于对自己寒贱出身的鄙夷，或是出于对内乱后果的政治忧虑，令虚张声势的贵族魅力超凡。"众城民悄悄溜走"、"一伙城民上"之类的舞台说明也表明了作者的立场。"诗歌的语言，"黑兹利特说，"天生与权力话语协调一致。"所有难忘的诗都出自科利奥兰纳斯之口，护民官的台词里连一行也没有。无论双方中谁的论据更有力，观众依然为剧中身为军人的男主角的气概倾倒。尤值一提的是，他那深刻的孤独中有某种让人无法抗拒的东西。当他忆起让他赢得声名的壮举——在平民士兵溃逃、敌城的大门在身后铿然锁闭时征服科利奥里城——他夸口道："我那时可是**孤身**一人。"这么一来，他的傲气和勇气就同样令人叹为观止了。当他被控为人民公敌、被他时刻准备为之战死的城邦放逐时，他的回答使判决转而落到城邦头上：

> 你们这群狂吠的贱狗！我痛恨你们的气息，
>
> 就像痛恨烂沼的臭气。你们的好感对我来说
>
> 就是没下葬的尸骸，
>
> 腐烂了污染我的空气。我驱逐你们。
>
> 你们和自己飘摇不定的心性待在这里 [。]

这些文字的出色之处在于细节：不仅有被动态动词"被驱逐"到主动态动词"我驱逐你们"的绝妙转换，还有与"空气"搭配的第一人称代词"我的"，由此表现出科利奥兰纳斯的世界是如何以自我为中心，以及像"[愿]你们和自己飘摇不定的心性待在这里"这种机敏的还击，显示出这位孤独的战斗英雄坚定不移的心志与凡夫俗子们不可理喻的变化无常间隔着一条鸿沟。

科利奥兰纳斯高傲地离开了罗马，不久便蒙受了被贱奴呼来喝去的屈辱。使他成为伟大军人的品质——心无旁骛和决不妥协——恰恰使他成了蹩脚的政客。该剧的悲剧性在于，属于战争的人无法维持和平。这也是一部讽刺意味浓重的作品。作为男性气概的化身，科利奥兰纳斯感到他和战场上的对手奥菲狄乌斯之间有种特别密切的联系。剧中唯一带有情欲色彩的一段话，是奥菲狄乌斯在他家迎接被放逐的科利奥兰纳斯时说的。[1] 他觉得科利奥兰纳斯的到来，比新婚之夜他妻子跨进他家门槛还让他兴奋。他夜间还梦见与科利奥兰纳斯贴身肉搏：

> 在梦中我们一起倒在地上，
>
> 卸着彼此的帽盔，掐着彼此的脖子，
>
> 等到梦醒都白白累个半死了……

科利奥兰纳斯不曾用言语来回应这种异乎寻常的殷勤，但他显然也是在与男人共处时最充实。这个男人极具男性气概，可他的进军却在母亲伏伦妮娅跟前戛然而止。"那几位夫人成功了"：拯救罗马的是一位老妇的话，而非一个年轻人的行动，这是个绝妙的讽刺。难怪科利奥兰纳斯听奥菲狄乌斯叫他"孩子"会那么生气，他就是全副武装的彼得·潘（Peter Pan），一个拒绝长大的男孩。[2]

1　此言有误，剧中另一处类似台词是科利奥兰纳斯对考密涅斯说的："噢！让我用求婚时那么强壮的胳臂，用新婚之夜花烛照我入洞房时的喜悦心情拥抱您！"（见正文 34 页）——译者附注

2　此言有误。细读该剧不难发现科利奥兰纳斯并非"拒绝长大"，而是生活在寡母的严威之下无法"长大"。他深感母亲给予的束缚是多么沉重，却无法摆脱血缘纽带的羁绊。在第五幕中，他被迫接受母亲的请求后说："噢，母亲，母亲！您做了什么？"（见正文 148 页）这充分表达了他的无奈。科利奥兰纳斯想必对自己受母亲管制一事引以为憾，所以听奥菲狄乌斯叫他"孩子"才恼羞成怒。如果他真是彼得·潘，别人称他"孩子"，他该坦然自若或暗自窃喜才对。——译者附注

参考资料

剧情：饥荒引燃了罗马平民与贵族的不和。民众特别憎恨傲慢的卡厄斯·马歇斯。他是伏伦妮娅之子，从不掩饰对民众的蔑视。城民怀疑贵族囤粮以为己有，起事反对贵族，获得的补偿是两位民众代表就任护民官，从而得到了列席元老院的新权力。罗马与邻邦伏尔斯人发生的战事打断了民众暴乱，在攻打科利奥里城一役中，卡厄斯·马歇斯以惊人的胆色率领罗马军队行动，得到了"科利奥兰纳斯"的尊号。回罗马后，贵族敦促科利奥兰纳斯谋求执政一职。他勉强答应，并根据要求，当众以谦卑的姿态来博取城民的赞同，却因无法掩饰对他们的鄙夷，招致他们的再度反对。他们不但反对科利奥兰纳斯当选，还在护民官的挑唆下，将他逐出罗马。科利奥兰纳斯为了复仇，联合伏尔斯人和昔日的敌人塔勒斯·奥菲狄乌斯一道进攻罗马。他的老战友前去求和，都被他拒绝。最终还是因为他母亲和妻儿出面干预，他才饶恕罗马。他为双方缔结了停战协定，自己却死在满怀愤恨的伏尔斯人剑下。

主要角色：（列有台词行数百分比／台词段数／上场次数）卡厄斯·马歇斯／科利奥兰纳斯（23%/189/18）、米尼涅斯·阿格立巴（15%/162/13）、伏伦妮娅（8%/57/6）、西西涅斯·维鲁特斯（8%/117/10）、考密涅斯（8%/67/11）、塔勒斯·奥菲狄乌斯（7%/45/8）、裘涅斯·勃鲁托斯（7%/91/9）、泰特斯·拉歇斯（2%/23/6）、城民甲（2%/33/4）、男仆丙（1%/20/1）、城民丙（1%/18/3）、凡勒利娅（1%/14/2）。

语体风格：诗体约占80%，散体约占20%。

创作年代：1608年？很可能参考了卡姆登的《拾遗》（1605年）；本·琼

森（Ben Jonson）的剧作《阴阳人》（*Epicoene*，1609 年底）戏拟了该剧的一个词组。第一幕第一场中的"冰上的炭火"有时被认为是指 1607 年至 1608 年冬的大霜天，当时泰晤士河结了冰，还有人奉命在河心拿着"炭火盆为人暖手"。该剧开场时出现的粮食短缺和囤积问题据说与 1607 年至 1608 年英格兰中部地区发生的暴动有关。这些年流行的瘟疫令剧场基本处于关闭状态，该剧或是为 1608 年 4 月至 7 月这段剧场开放期而作。

取材来源：该剧是紧紧围绕托马斯·诺思爵士（Sir Thomas North）译为英文的普卢塔克著作《希腊罗马名人传》（莎士比亚很可能是用 1595 年问世的那一版）中的《卡厄斯·马歇斯·科利奥兰纳斯传》创作的。唯一援引其他素材的地方是第一场中米涅斯说的肚子的寓言：从遣词用字能看出李维（Livy）的《罗马史》（*Romane Historie*，菲利蒙·霍兰 [Philemon Holland]1600 年译本）和威廉·卡姆登（William Camden）的《不列颠志拾遗》（*Remaines of a greater worke concerning Britaine*，1605 年）的影响。

文本：1623 年出版、显然按莎士比亚的手稿或手稿誊抄本排字的对开本是唯一的早期版本，此版本的主要问题在于分行不规范。

乔纳森·贝特（Jonathan Bate）

科利奥兰纳斯

卡厄斯·马歇斯，后称科利奥兰纳
　　斯

伏伦妮娅，科利奥兰纳斯之母

维吉利娅，其妻

小马歇斯，其子

凡勒利娅，维吉利娅之友

侍女，服侍维吉利娅

米尼涅斯·阿格立巴，科利奥兰纳
　　斯之友，年事已高

泰特斯·拉歇斯 ｝ 罗马大将
考密涅斯

西西涅斯·维鲁特斯 ｝ 罗马护民官
裘涅斯·**勃鲁托斯**

尼凯诺，罗马叛徒

二信差

副将

二兵士

二吏役

五城民

三罗马人

一传令官

一警吏

一贵族

二元老

塔勒斯·**奥菲狄乌斯**，伏尔斯大将

奥菲狄乌斯的**副将**

阿德里安，伏尔斯人

三男仆

三党羽

二哨兵

三官员

阉者、凡勒利娅的侍女、若干将领、
　　若干兵士、鼓手、号手、探子、
　　若干贵族、若干侍从

第 一 幕

第一场 / 第一景

罗马（一公共场所）

一伙乱民执棍棒等武器上

城民甲	大伙儿接着干之前，先听俺说两句。
众人	说吧，说吧。
城民甲	你们都打定主意，死也不挨饿了吧？
众人	对，对。
城民甲	首先，你们该知道卡厄斯·马歇斯是大伙儿的死对头。
众人	知道，知道。
城民甲	俺们去宰了他，就能按自个儿定的价买粮了。想好了吧？
众人	少啰唆，动手吧。走，走！
城民乙	各位好城民，听我说句话。
城民甲	俺们是穷[1]老百姓，贵族[2]才是"好"[3]城民。掌权的人[4]吃剩的东西就够救济俺们了。他们只要趁剩饭剩菜没变馊就把它赏给俺们，俺们就会相信他们是好心救济，可他们还觉得救济俺们太费钱。俺们瘦不拉叽、苦得要命，才好当他们炫富的清单。俺们吃苦，他们才能享福。让俺们趁自个儿还没成皮包骨，举着耙子去报仇。天神知道，

1　穷（poor）：利用该词也包含的"恶劣、卑鄙"之意设双关。
2　贵族（patricians）：罗马贵族家庭的成员，元老与执政官都从中选出。
3　好（good）：意为"富有的，富裕的"（利用该词也包含的"高贵的"之意设双关）。
4　掌权的人（authority）：指贵族。

	俺这么说是因为肚子饿没面包吃，不是爱报复人。
城民乙	接着你们可是想专门拿卡厄斯·马歇斯开刀？
众人	先教训他，他是祸害大伙儿的恶狗。
城民乙	你们就不想想他为国立的功？
城民甲	想得可清楚了，也乐意为他的功劳夸奖他。可他仗着有功翘辫子，就把功劳抵消了。
众人	别这样，你别故意说人家坏话。
城民甲	俺告诉你们，他立那么多功，就单为一件事。缺心眼的会说他是为国效力，其实他是要讨他母亲的欢心，也为了在人前得意，他的傲气都和胆气不分上下了。
城民乙	你把他自个儿没法改的天性当成错处了。你总不能说人家贪心。
城民甲	就算不能，俺也不缺骂他的由头。他的缺点那么多，数都数不清，说也说不完。

幕内呼喊声

	什么喊声？城那头也起事啦。俺们还愣在这儿说啥子废话？去元老院[1]！
众人	走，走。
城民甲	等等！看谁来啦？

米尼涅斯·阿格立巴上

城民乙	是高贵的米尼涅斯·阿格立巴，他这人向来爱护百姓。
城民甲	他是不错，贵族们都像他就好啦！
米尼涅斯	同胞们，你们在忙什么？拿着棍棒要上哪儿去？所为何事？本人愿闻其详。
城民乙	俺们的事元老院不是不知道，他们早半个月就听到风声，

1　元老院（th'Capitol）：即卡皮托利诺山，朱庇特神殿所在地，在剧中为元老院所在地。

	知道俺们的打算了，俺们现在就干给他们看。他们说请
	愿的穷人嘴臭得厉害，他们还会知道，俺们的胳膊也厉
	害着哪。
米尼涅斯	哎哟，先生们，我的好朋友、好邻居，
	你们就不怕坑了自己？
城民乙	不怕，大人，俺们早给人坑苦了。
米尼涅斯	告诉你们，朋友们，贵族
	对你们可是相当仁爱。你们要是认为穷困
	和饥荒都该怪罗马政府，
	抄起棍棒反抗它，
	那还不如去打天哪。
	天意难违，能粉碎上万个
	比你们的抵抗更强硬的
	障碍[1]。这场饥荒是
	神明的意旨，不是贵族搞的鬼。
	你们该下跪祈祷，而不是举手[2]反抗，才对自己有好处。唉，
	灾祸把你们引到
	通向更多灾祸的地方去了。你们还中伤
	城邦的舵手[3]，他们像慈父那样关爱你们，
	却给你们当仇人咒骂。
城民乙	关爱俺们！千真万确[4]！他们从来没关爱过俺们。让[5]俺们

1 障碍（curbs）：意为"束缚"（原指绕经马匹颔下的链条）。
2 手（arms）：利用该词的"肢体"之意。
3 舵手（helms）：即 helmsmen，意即"向导"，可能是利用该词的"保护性头盔"（protective helmets）之意来设双关。
4 千真万确（true, indeed）：或是语带讽刺，或是指"说真的，实际上"。
5 让（suffer）：允许（利用该词的"使痛苦"之意）。

饿肚皮，自家仓库却堆满粮食；还用债务法保护放债的，天天取消对付富人的好律条，重订更厉害的条文来为难穷人。俺们就是不死在战场上，也会给他们整死，这就是他们对俺们的关爱！

米尼涅斯　你们要么得

承认自己心眼太坏，

要么就会给人当傻瓜。我来讲个

现成的故事，你们可能听过了。

可它恰合我意，不妨

再讲一遍。

城民乙　好吧，俺听着，大人。可您别以为一个故事就能把俺们遭的罪糊弄过去。您爱讲就讲吧。

米尼涅斯　身体里的各种器官曾经一起

造肚子的反。它们骂它

像深坑似的居于

身体中央，无所事事，

除了盛放食物，从来不

像其他器官那样各司其职，

分别负责看、听、想、下令、步行和感知，

分工合作，一道满足

全身的需要和喜好。

肚子答曰——

城民乙　嗯，大人，肚子咋说？

米尼涅斯　先生，且听我道来。那肚子带着一抹笑，

不是那种发自肺腑的笑，而是这样的 [1]——

1　这样的（thus）：米尼涅斯用嘴或用肚子（以打嗝的方式）来模仿这种笑。

瞧，我能让肚子说话，
就能让它笑——用讽刺语气回答
那些心怀不满、眼馋它收纳食物的
闹事器官，它们和
你们一样，单因为元老和你们
地位不同，就恶意中伤他们。

城民乙 您那肚子咋说？嗯？
那戴王冠的头，那警觉的眼，
那敏慧的心，那卫士般的胳臂，
那承载身体的腿，那指挥若定的舌，
和在组织里负责防卫和其他零星职司的
不同器官，要是它们——

米尼涅斯 它们怎样？这家伙敢抢我的话头！它们怎样？它们怎样？

城民乙 要是它们得受贪吃的肚子、
受身体的下水道管制——

米尼涅斯 嗯，然后呢？

城民乙 要是前边说的器官提出抗议，
肚子能说啥？

米尼涅斯 我会告诉你的。
只要你少安勿躁——你还真性急——
稍等片刻，就会知道肚子怎么回答了。

城民乙 您就爱兜圈儿。

米尼涅斯 听着，好朋友。
庄重的肚子深谋远虑，
才不像攻击者那么轻率。它答道：
"不错，与我浑然一体的朋友们，"它说，
"确实是我先收存

你们赖以生存的全部食物，这本是理所应当，
我可是整个身体的
仓库和加工坊。可你们该记得，
我沿着你们的血河把食物
一路送到心的宫殿 [1] 和脑的宝座。
最粗的神经和最细的血管，
都经由体内的曲径和脏器
从我这儿得到了
赖以维生的滋养。尽管一时之间"——
我的好朋友们，肚子这么说，听着——

城民乙	嗯，大人，听着呢，听着呢。
米尼涅斯	"尽管一时之间看不出

我把什么分送到周身各处，
等我清算收支，就能证明大家都
从我这儿领走了所有食物的精华，
留给我的只有糟粕。"你们对它这话作何感想？

城民乙	倒也说得在理。您干吗说这些？
米尼涅斯	罗马的元老就是这个好肚子，

你们就是作乱的器官。你们要是细想
他们平日商讨、关注的问题，弄清 [2]
大众福利的来龙去脉，就会知道
自己享有的公共福利，
全是他们给予的，
根本不是你们争取来的。你怎么看，

1　宫殿（court）：与拉丁语单词 cor（意为"心"）和英语单词 core（意为"最里边的部分"）谐音。
2　弄清（digest）：本义为"消化"。

就是说你，这群人的大脚趾？

城民乙　　俺是大脚趾？为啥说俺是大脚趾？

米尼涅斯　因为你是参加这场精明叛乱的人中

最低贱、最卑微、最贫困的一个，却最先挑起事端。

你这无赖，出身最差，

还敢为了尝点甜头带头闹事。

你们准备好硬棍子等着吧，

罗马就要和她的不肖子民开战，

总有一方会遭殃。

卡厄斯·马歇斯上

你好，尊贵的马歇斯！

马歇斯　　谢了。怎么，你们这些不安生的恶棍，

想把发痒的谬见

挠成疮疤[1]呀？

城民乙　　您总说俺们的好话。

马歇斯　　谁说你们的好话，谁就是

下贱至极的马屁精。你们这群恶狗到底要什么？

既不喜欢和平，又不喜欢战争。战争让你们恐惧，

和平又让你们自大。谁要是指望你们，

就会发现你们在该是狮子的时候是野兔，

该是狐狸的时候是呆鹅，还不如

冰上的炭火、

阳光下的雹子可靠。你们的本事就是

敬重犯罪受刑的恶人，

咒骂执法严明的官员。谁可敬，

1　疮疤（scabs）：还有"可鄙的恶棍"之意。

你们就恨谁。你们的喜好就像

病人的胃口，只爱

加重病情的食物。谁要是指望

你们的赏识，就是凭铅鳍游泳，

拿灯芯草伐橡树。你们这些该死的！指望你们？

你们一分钟变个主意，

刚才还痛恨的人，现在又称颂；

刚才赞美的人，现在又唾骂。你们为什么

在城里到处闹事，

攻击尊贵的元老？不是

他们在神明庇护下让你们心存畏惧，你们早就

彼此相食了。——（对米尼涅斯）他们有什么意图？

米尼涅斯　　　他们想按自己开的价买粮食，还说

城里存粮甚多。

马歇斯　　　　绞死他们！他们说！

他们坐在灶台边，就自以为知道

元老院里的事，瞎猜谁要高升，

谁正得势，谁要失势，还攀附党派，揣测

盟约。夸大某些派别的势力，

竭力贬低自己讨厌的

派别。他们说城里存粮甚多？

要是那些贵族肯撇开慈悲之心

让我使我的剑，我要剁碎

上万个这种奴才来堆尸山，我的矛能挑多高，

这山就堆多高。

米尼涅斯　　　别这样，这些人都快被我说服了。

他们虽然行事鲁莽，

终究还是胆小如鼠。请问，

另外那帮人怎么说？

马歇斯　　　他们都给遣散了，那帮该死的！

他们说肚子饿[1]，叹着气说了一通俚语俗言，

什么饥饿能捣毁石墙；狗也要食物；

什么肉是给嘴吃的；神明赐下五谷

不单是为了富人。用这些废话

来发泄不满。他们申诉成功了，

请的愿也得到了应允，所以欢呼着抛帽子，

像要争着把它挂上月钩似的。

请的那个愿真古怪——

贵族听了都会心碎，

最有权的人也会为之失色。

米尼涅斯　　允他们什么了？

马歇斯　　　允那帮平民自选五个护民官

来保护他们的愚见，选了裘涅斯·勃鲁托斯、

西西涅斯·维鲁特斯，还有别的谁。鬼知道！

换了是我，这帮乌合之众就是把城拆了，

我也决不答应。这会让他们

势力渐增，借暴动来

提更大的要求。

米尼涅斯　　这可够怪的。

马歇斯　　　（对众城民）滚，回家去，你们这帮废物[2]！

一信差匆匆上

1　肚子饿（an-hungry）：意同 hungry（马歇斯在嘲弄民众的直白言辞）。

2　废物（fragments）：字面意思为"食物残渣"。

信差	卡厄斯·马歇斯何在？
马歇斯	这儿呢。什么事？
信差	大人，有消息说伏尔斯人起兵了。
马歇斯	太好了，这下我们就能打发 多余的杂碎了。瞧，元老们来了。

西西涅斯·维鲁特斯、袁涅斯·勃鲁托斯、考密涅斯、泰特斯·拉歇斯及其他元老上

元老甲	马歇斯，您最近告诉我们的事情不假， 伏尔斯人果真起兵了。
马歇斯	他们有个首领， 叫塔勒斯·奥菲狄乌斯，你们就快尝到他的厉害了。 我很羡慕他的高贵， 我要不是我， 就只想是他。
考密涅斯	可你和他交过手啊！
马歇斯	要是世界分为两方，厮杀搏斗，他又是 和我同一方，那我就是为了和他交战， 也会背叛自己人。能猎杀他这头狮子 会让我非常自豪。
元老甲	是这样的话，尊贵的马歇斯， 您就随考密涅斯出征吧。
考密涅斯	（对马歇斯）这是你答应过的。
马歇斯	不错，大人， 我决不食言。泰特斯·拉歇斯，你 会看到我的剑再次向塔勒斯的头上砍去。 嘿！你一声不吭，想袖手旁观哪？
拉歇斯	不，卡厄斯·马歇斯；

	就算我手拄双拐，也会倚着一根，用另一根作战，
	决不屈居人后。
米尼涅斯	噢！这才是罗马人本色！
元老甲	请诸位与我们同往元老院。我知道
	我们最高贵的朋友都在那儿等候了。
拉歇斯	（对考密涅斯）您先请。——
	（对马歇斯）请您跟着考密涅斯，我们该跟着您。
	您理应先行。
考密涅斯	尊贵的马歇斯！
元老甲	（对众城民）去！回家去！去！
马歇斯	不，让他们跟来。
	伏尔斯人有的是粮，正好带这群耗子到那儿去
	啃他们的粮仓。可敬的叛徒，
	你们的英勇有用武之地了。请随我们来吧。　　　众人下

众城民悄悄溜走。西西涅斯与勃鲁托斯留场

西西涅斯	谁能傲得过马歇斯？
勃鲁托斯	他的傲气独步天下。
西西涅斯	我们当选护民官的时候——
勃鲁托斯	你可曾留意他的嘴和眼？
西西涅斯	没有，我只注意到他的讥诮。
勃鲁托斯	他发起火来，都敢嘲骂神明。
西西涅斯	连贞洁的月亮也会被他讥笑。
勃鲁托斯	希望他这回战死沙场。他变得
	那么骄傲，不会像过去那么勇敢了。
西西涅斯	这种性子的人
	一被胜利冲昏头脑，就会瞧不起

正午 [1] 时脚下的影子。我倒奇怪，

他这么傲还甘心

听考密涅斯指挥。

勃鲁托斯　　　荣誉才是他看重的，

他已经享有众多美誉，

为了保住已有的，争取更高荣誉，最好是

处在一人之下的位置。若有差池，

便好归咎于主将，哪怕他

尽力而为了。荒唐的舆论

也会替马歇斯抱不平：

"噢！换他当主将就好了！"

西西涅斯　　　而且，就算打了胜仗，

一向偏袒马歇斯的舆论也会

把考密涅斯的功劳说成他的。

勃鲁托斯　　　走吧，

就算马歇斯袖手旁观，

考密涅斯的一半光荣也归他了。考密涅斯的任何过失

都会成为马歇斯的荣耀，

哪怕他其实不配。

西西涅斯　　　我们走，去听听

战斗怎么部署。看他除了

狂妄自大，还会用什么态度

参加这次的军事行动。

勃鲁托斯　　　我们走。　　　　　　　　　　　　　　　　同下

1　正午（noon）：此时影子最短（但随后变长），暗指成功的巅峰。

<h1 style="text-align:center">第二场 / 第二景</h1>

科利奥里城（亦名科利奥里斯城）

塔勒斯·奥菲狄乌斯及科利奥里城众元老上

元老甲　　　那依您之见，奥菲狄乌斯，

罗马人是探明我们的计划，

知道我们要如何行事了？

奥菲狄乌斯　您不也这么想？

我们在这儿谋划的事，

哪桩不是还没动手，罗马

就想好对策了？我接到那边来的情报

还不到四天，情报是这样的，我想

那封信还在我身上。没错，在这儿呢。——

（他读信）

"那儿饥荒严重，

民众作乱不止。

他们征募了一支军队，

不知要东征还是西伐。

听说那支军队由考密涅斯、马歇斯

和泰特斯·拉歇斯这三人统领。

马歇斯是您的宿敌，在罗马他比您还招人恨。

拉歇斯这个罗马人也非常骁勇善战。

这支军队很可能会对你们不利，请多加小心。"

元老甲　　　我们的军队已经上阵，

我们从不怀疑罗马也同样

严阵以待了。

奥菲狄乌斯　你们以为把宏大的计划

保密到最后关头

很聪明，可它像是早在酝酿阶段

就被罗马人识破了。我们原想

趁罗马还没发觉就起兵，

拔下他们许多城池。既然走漏了风声，

这计划怕是要打折扣了。

元老乙　尊贵的奥菲狄乌斯，

拿上委任状速去军中。

让我们来守科利奥里城。

要是他们兵临城下，您就

带兵回来解围，但我想您会发现

他们不是冲着我们备战的。

奥菲狄乌斯　噢！这点毋庸置疑，

我完全有把握这么说。不，不光如此，

他们的部分兵马已经开拔，

正径直朝这儿扑来。我这就向各位大人辞行。

要是正好遇上卡厄斯·马歇斯，

我们就会照以前立的誓，

打到我们中有谁不会动弹了为止。

众元老　愿神明助您一臂之力！

奥菲狄乌斯　也保佑各位平安！

元老甲　再会！

元老乙　再会！

众元老　再会！　　　　　　　　　　　　　　　　众人下

第三场 / 第三景

罗马，马歇斯家

马歇斯的母亲伏伦妮娅与其妻子维吉利娅上，各自坐在矮凳上做针线

伏伦妮娅　媳妇儿，请唱支歌来听听，不然就显得开心点儿。假如我儿子是我丈夫，我会更喜欢他离家争取荣誉，而不是贪恋床笫之欢、枕席之乐。想当年他还是稚嫩的孩子，又是我的独生子，而且童颜俊秀备受瞩目，就是帝王们终日请求，为娘的也不肯让他走开一小时。可我当时就想到，荣誉对这么个人有多重要。如果他缺乏渴慕荣誉之心，无所作为，那岂不是和墙上的挂像无异？所以我乐意放他去冒险，以身涉险博取荣名。我送他去打一场恶战，他回来的时候，头戴橡叶冠。告诉你，媳妇儿，我当初知道生的是儿子，都没有头回见他证明他是男子汉那么高兴。

维吉利娅　他要是战死沙场怎么办，婆母？

伏伦妮娅　那他的美名就是我儿子。说真的，就算我有一打儿子，喜欢他们就像喜欢亲爱的马歇斯一样，我也宁愿十一个儿子光荣地为国捐躯，不愿有一个耽于声色，一事无成。

一侍女上

侍女　（对伏伦妮娅）夫人，凡勒利娅夫人看您来啦。

维吉利娅　（对伏伦妮娅）请容我告退。

伏伦妮娅　不，别走。

我好像听到你丈夫的鼓声传来，

看见他扯住奥菲狄乌斯的头发把他拖下马，

伏尔斯人一见他，就像小孩见了熊似的避之不及。

我好像看见他这样顿足高呼：

"冲啊，你们这些懦夫！你们虽说是罗马人，

却是在恐惧中怀上的。"他用

戴护甲的手揩着血淋淋的额头，勇往直前，

如同割稻的农夫，生怕割不完稻子

就拿不到工钱。

维吉利娅　　他那血淋淋的额头！诸神之王朱庇特！别让他流血！

伏伦妮娅　　去，你这傻瓜！那血比耀眼的胜利纪念碑

更能显示他的男子气概。赫卡柏[1]哺育赫克托耳[2]的

乳房，还不如赫克托耳轻蔑地

迎向希腊人剑锋时，

溅血的额头美。——（对侍女）去禀告凡勒利娅夫人，

我们恭候她大驾光临。　　　　　　　　　　　侍女下

维吉利娅　　神明保佑我夫君不被恶徒奥菲狄乌斯所伤！

伏伦妮娅　　他会打得奥菲狄乌斯直不起腰来，

一脚踩住他的脖子。

一阍者引凡勒利娅上，一侍女随上

凡勒利娅　　二位夫人，日安。

伏伦妮娅　　夫人好。

维吉利娅　　很高兴见到您。

凡勒利娅　　二位可好？你们果然在忙家务！在这儿做什么针线活

呀？绣得真漂亮。令郎可好？

维吉利娅　　谢谢夫人，他不错，好夫人。

1　赫卡柏（Hecuba）：特洛伊王后，是特洛伊军队统帅赫克托耳之母。

2　赫克托耳（Hector）：特洛伊王子，也是该城最骁勇的武将。——译者附注

伏伦妮娅	比起见教书先生来， 他更喜欢看刀剑听鼓声。
凡勒利娅	要我说呀，有其父必有其子。我敢说他非常可爱。说真的，星期三那天我看了他整整半个钟头。他的神情是那么坚定。我见他追赶一只金翅蝶，捉着又放掉，放了又去追。就这么奔来奔去，捉了放、放了捉，也不知是跌了跤，还是有别的缘故，他发起火来，咬牙切齿地把它撕碎了。噢！我敢说他撕起蝴蝶来可狠了！
伏伦妮娅	跟他父亲一个脾气。
凡勒利娅	可不是。哎呀，好个高贵的孩子。
维吉利娅	是个淘气包，夫人。
凡勒利娅	来，放下针线，今天下午你们得陪我玩。
维吉利娅	不，好夫人，我不想出门。
凡勒利娅	不出门？
伏伦妮娅	她该出门走走，该出门走走。
维吉利娅	不了，真的，请原谅。我丈夫出征未归，我决不踏出家门半步。
伏伦妮娅	瞎说！好端端的不该把自己关在家里。来，你该去看看那位坐月子的好夫人。
维吉利娅	祝她早日恢复体力，我会诚心为她祈祷，但不能去她家。
伏伦妮娅	请问这是为什么？
维吉利娅	不是我懒，也不是我不近人情。
凡勒利娅	你想当珀涅罗珀[1]第二呀？人家说她在尤利西斯离家后纺的纱线让伊塔刻尽是飞蛾。走，希望你手里的细麻布像

1　珀涅罗珀（Penelope）：伊塔刻（Ithaca）国王尤利西斯（Ulysses）的贤妻，在他参加特洛伊战争期间，她以未织完公公的裹尸布为由敷衍求婚者，白天织布晚上拆布，以此拖延时间。

你的指头一样有知觉，那你可能就不忍心再拿针刺它了。
来，你得跟我们一起去。

维吉利娅	不，好夫人，原谅我吧。真的，我不想出门。
凡勒利娅	嘿，说真的，你跟我去，我就告诉你尊夫的大好消息。
维吉利娅	哦，好夫人，这会儿还不会有什么好消息。
凡勒利娅	是真的，我可没开玩笑，他昨晚有信来。
维吉利娅	真的吗，夫人？
凡勒利娅	千真万确，不骗你。我是听一位元老说的。说是有支伏尔斯军队开来，我们的主将考密涅斯带罗马军队的部分兵力去迎击，尊夫和泰特斯·拉歇斯在他们科利奥里城外扎营，深信能旗开得胜，还能速战速决。我拿名誉起誓，这是真的。你就陪我们去吧。
维吉利娅	请您多包涵，好夫人，我以后全都听您的。
伏伦妮娅	随她去吧，夫人。她这副德性去了也会扫我们的兴。
凡勒利娅	老实说，我也有同感。那就再见啦。走吧，可爱的好夫人。维吉利娅，请把忧愁撵出门外，跟我们一块儿去吧。
维吉利娅	不，还是那句话，夫人，我真的不能去。祝你们玩得开心。
凡勒利娅	那好吧，再见。

众贵妇下

第四场　　/　　第四景

科利奥里城城外；第一幕余下数场的地点在城外不同处

旗鼓号前导，马歇斯与泰特斯·拉歇斯率众将领及携云梯之兵士上，如在科利

奥里城城下，一信差至跟前

马歇斯	那边有消息来了，我敢打赌他们交锋了。
拉歇斯	我拿我的马赌您的，还没呢。
马歇斯	好。
拉歇斯	一言为定。
马歇斯	（对信差）喂，我们主将和敌人开战啦？
信差	他们彼此相望，还没开战。
拉歇斯	这匹好马归我啦。
马歇斯	我会把它买回来的。
拉歇斯	不，我既不卖也不送，不过可以借你骑
	五十年。——（对号手）把城里的人召来谈判。
马歇斯	那两支军队离这儿有多远？
信差	不到一哩半的路。
马歇斯	那我们能听见对方的鼓角声了。
	战神哪，请保佑我们旗开得胜，
	好带着冒热气的血刃离开此地，
	去支援激战中的战友！——（对号手）来，吹号。

议和号起。二元老率其他人出现在科利奥里城城头

　　　　　　塔勒斯·奥菲狄乌斯可在你们城里？

元老甲	不在，别人怕你，他可是一点也不怕，
	他根本就不在乎你。
	（远处鼓声）听，我们的鼓声
	正在引领青壮开拔。我们宁可推倒自己的城墙，
	也不让它把我们困住。我们的城门
	看似紧闭，其实只用灯芯草拴着，
	待会儿就会自动敞开。
	（远处警号）你听，远处的动静！

那是奥菲狄乌斯。听，他在

你们分散的兵马中大开杀戒呢。

马歇斯 噢！他们开战了！

拉歇斯 就让他们的喧声当我们的榜样。嘿，搬云梯来！

（他们备梯攻城）

一队伏尔斯兵士上

马歇斯 他们不怕我们，从城里冲出来了。

好，用盾牌护住心口，鼓起

比盾牌更牢靠的斗志杀敌吧！冲啊，勇敢的泰特斯！

想不到他们竟敢如此小觑我们，

气得我直冒汗。来呀，弟兄们，

谁敢退后，我就当他是伏尔斯人，

让他死在我剑下。

警号。罗马人败退至自己的战壕后下，遭伏尔斯人追击。马歇斯叫骂着上

马歇斯 愿南方的瘟疫全降在你们身上，

你们真是罗马的耻辱！你们这批——愿你们浑身长毒疮，

就算逆风也会隔着一哩路就互相传染，

叫人望而生畏，你们这些

似人非人的懦夫！

猴子都能打退的奴才

也会把你们吓跑！该死的 [1]！

全都是后背受伤。背上血红，脸却因为

逃命和恐惧战栗一片煞白！拿出勇气来，向他们发起反攻！

不然的话，凭天上的星火起誓，我要撇下敌人，

对你们开战。给我当心！快上，

1　该死的（Pluto and hell）：普路同（Pluto）为罗马神话中的冥府（hell）主宰。

要是你们坚忍不拔，我们肯定能把他们打回老家，

就像他们把我们赶进壕沟一样。

又一阵警号。马歇斯追击伏尔斯人至城门

好，城门开了。大家好好助我一臂之力！

命运是为追击敌人的好汉，

不是为逃兵打开城门的。瞧我怎么做，照着干！

他进城

兵士甲　　胡来！我才不干呢。

兵士乙　　我也不干。

城门关闭，把马歇斯关在城内

兵士甲　　瞧，他们把他关进去了。（警号继续）

众人　　　他这下死定了。

泰特斯·拉歇斯上

拉歇斯　　马歇斯怎样啦？

众人　　　肯定牺牲了，将军。

兵士甲　　他对逃敌穷追猛打，

一直追进了城，他们突然

把城门"砰"地一关，他在里头

只身对付全城的敌人。

拉歇斯　　噢，勇往直前的英雄！

他的血肉之躯比没知觉的刀剑更刚强。

锋摧刃折之时，他的身躯还巍然挺立。

您被我们抛下了，马歇斯。

一块毫无瑕疵、有您整个人那么大的红宝石，

也没您珍贵。您是

卡托[1]心目中的理想军人，不但打起仗来

勇猛绝伦，连您那威严的面容和

雷霆般震耳的嗓音，

也叫敌人心惊胆寒，如同世界

害了热病打战。

马歇斯流着血上，遭敌人袭击

兵士甲　　　　瞧，将军！

拉歇斯　　　　噢！是马歇斯！

我们去救他出来，不然就和他一起留下。

他们与敌人交战，一同进城

第五场　/　景同前

若干罗马人携战利品上

罗马人甲　　　我要把这带回罗马。

罗马人乙　　　我带这个走。

罗马人丙　　　倒霉！我还以为这是银的。　　　　　　*众人下*

远处警号依旧

马歇斯与泰特斯·拉歇斯率一号手上

马歇斯　　　　瞧这些手脚伶俐的家伙

1　卡托（Cato）：即马尔库斯·卡托（Marcus Cato），以担任监察官而闻名，是罗马武德的倡导者（此处犯了年代错误：卡托的生卒年份为公元前 234 年—前 149 年，迟于科利奥兰纳斯）。

用开裂的银币给自己的名誉定了价！垫子、铅匙、
便宜铁器、连刽子手也会
让死刑犯穿着入土的囚衣，这些贱奴
没打完仗就开始打包了。给我放下那些东西！
听，主将[1]正杀得热闹！我们助阵去！
我深恶痛绝的仇人，奥菲狄乌斯，
正在屠杀我们罗马人。勇敢的泰特斯，你带
适量人手去守城，
我和那些有士气的赶去
支援考密涅斯。

拉歇斯	可敬的将军，您在流血。
	您刚才打得太猛，不该
	再打第二轮。
马歇斯	老兄，别夸我，
	这些还不够我热身呢。再见。
	我流的血有益健康，
	没什么大碍。我就这么
	去见奥菲狄乌斯，和他干一仗。
拉歇斯	愿美丽的命运女神
	深深爱上你，用她的伟大神力
	让您的敌人剑剑刺空！勇敢的大人，
	愿胜利伴您左右！
马歇斯	愿命运之神对你的眷顾
	不亚于她最珍视的人！再会。
拉歇斯	您真是最可敬的人，马歇斯！

马歇斯下

1　主将（the general）：指考密涅斯。

去市场吹响号角。

召集全城官吏，

让他们上那儿去听我们的意见。去吧! 　　　　同下

第六场 / 景同前

考密涅斯率众兵士上，作撤退状

考密涅斯　　歇口气，朋友们。打得不错。我们不失

罗马人的本色，既没傻到无谓抵抗，

撤退时也没露怯丢丑。相信我，诸位，

敌人一定还会袭击我们。我们激战的时候，

时时听到风儿送来

友军的进攻声。我愿罗马的神明

指引他们取胜，正像希望我们自己获胜一样。

等我们两军含笑会师，

一定向神明献祭为谢。

一信差上

　　　　　　　　　　有什么消息?

信差　　　　科利奥里城的人涌出城来，

和拉歇斯、马歇斯率领的军队交战。

我看我军给逼到战壕，

就离开了。

考密涅斯　　你说的虽然不假，

	在我听来却不是好消息。这是多久以前的事？
信差	有一个多钟头了，大人。
考密涅斯	那儿离这里还不到一哩地，我们刚刚还听到他们的鼓声。 你怎么走一哩路也要花一个钟头， 到现在才把消息送来？
信差	伏尔斯人的探子 对我穷追不舍，我只好绕路 多走了三四哩地。不然的话，大人， 我半小时前就把消息送到了。

马歇斯流着血上

考密涅斯	那边来的是谁？ 看着像给人剥了皮。噢，天神哪， 他有点像马歇斯。我以前 见过他这副模样。
马歇斯	我来迟啦？
考密涅斯	牧人不会错把雷声当鼓声， 我一听马歇斯开口， 就知道讲话的不是凡夫俗子。
马歇斯	我来迟啦？
考密涅斯	不错，这身血要不是别人的，而是你自己的， 你就来迟了。
马歇斯	噢！让我 用求婚时那么强壮的胳臂， 用新婚之夜花烛照我入洞房时的喜悦心情 拥抱您！（他拥抱考密涅斯）
考密涅斯	勇士中的精英！泰特斯·拉歇斯怎样了？
马歇斯	他忙得跟法官似的：

判一些人死刑，放逐另一些人，

赎回这个人，赦免那个人，警告其他人；

还以罗马的名义占领了科利奥里城，

让它像拴好的猎狗那样摇尾乞怜，

任人摆布。

考密涅斯 告诉我你们被他们击退的

那个小人在哪儿？

他在哪里？叫他到这儿来。

马歇斯 别怪他。

他说的是真话。不过我们那些先生，

我是说那些平民出身的士兵——

真该死！还给他们护民官！——

他们碰到比自己没用的家伙，

也比耗子见了猫还溜得快。

考密涅斯 那你们怎么能取胜？

马歇斯 现在有空说这些？我看没有。

敌人呢？你们占上风啦？

如果还没有，干吗停下来？

考密涅斯 马歇斯，我们出师不利，

只得暂时退避，好重整旗鼓争取胜利。

马歇斯 他们的兵力都怎么安派？您知不知道

他们的主力布在哪一侧？

考密涅斯 马歇斯，我推测

他们的先头部队由他们最信任的安丁姆人[1]

组成，统率他们的是奥菲狄乌斯，

---

1 安丁姆人（Antiates）：指意大利南部城市安丁姆（Antium，即今日安齐奥［Anzio］）的城民。

他们的希望。

马歇斯　我凭我们

并肩对敌的历次战役、

一起流的血和

永以为好的誓言，请您

立即派我去对付奥菲狄乌斯和他的安丁姆地方军。

您也别耽搁，

让我们举起刀剑枪矛，

这个钟头之内就跟他们决胜负。

考密涅斯　虽然我希望

派人引你去香汤沐浴，

给你上药疗伤，却不敢拒绝

你的请求。请自己挑一队

最得力的人手去吧。

马歇斯　我想选的，

就是最想跟我走的人。这儿要是有谁——

怀疑这点就是罪过——喜欢

我身上涂的这种油彩，要是有谁

畏惧恶名甚于生命危险，

认为苟且偷生不如英勇就义、

城邦安危重于个人存亡，

就让他，让许许多多这么想的人，

挥起剑来表明决心，

跟随马歇斯前去。

他们高呼挥剑，将马歇斯扛起来，向空中掷帽

噢！只扛我吗？你们把我当成剑？

如果这不是装样子，你们哪个不能

以一敌四对抗伏尔斯人？谁不能举起
和伟大的奥菲狄乌斯的盾牌
同样坚固的秉甲与他一较高低？谢谢各位，
我选一部分人就够了。
其余的人该听候号令，参加别的战役。
请你们立刻开拔，
我会尽快拟定名单，
命令最适合的人出发。

考密涅斯　　　前进，弟兄们，
用行动证明自己的雄心壮志吧，你们可以
和我们分享所有战利品。　　　　　　　　　　众人下

第七场　　/　　景同前

泰特斯·拉歇斯命一卫兵把守科利奥里城，随后鼓号前导，率一副将、若干兵
士与一探子上，往考密涅斯与卡厄斯·马歇斯处会合

拉歇斯　　　（对副将）好了，各城门都要严加把守，按我的命令行事，
不得有误。要是我派人前来，你就传令
这几个百人队开拔增援，留少数人马
暂守此地。要是在战场上失利，
这城我们也守不住。
副将　　　　请放心，大人。
拉歇斯　　　去，关上城门。

带路的，过来，领我们去罗马军营。　　　　　　众人下

第八场　/　景同前

警号，如战斗进行中。马歇斯与奥菲狄乌斯自不同门上

马歇斯　　　我只想跟你单挑，因为我恨你

　　　　　　比恨背誓者更甚。

奥菲狄乌斯　我也一样恨你。

　　　　　　全非洲都找不出一条

　　　　　　毒蛇比你的名声和恶意更让我憎恨。你给我站稳喽。

马歇斯　　　谁先开溜就让他死了也是对方的奴隶，

　　　　　　愿神明叫他死后永不超生！

奥菲狄乌斯　马歇斯，要是我逃跑，你就把我当野兔追喊。

马歇斯　　　塔勒斯，前三小时里，

　　　　　　我一直在你们科利奥里城孤身奋战，

　　　　　　尽情屠戮。你看我这脸血

　　　　　　都不是自己的。你要是想报仇，

　　　　　　就来跟我拼命。

奥菲狄乌斯　就算你是赫克托耳，

　　　　　　是那个你们用来夸耀的祖先，

　　　　　　我这次也决不放过你。

两人相斗，若干伏尔斯人前来为奥菲狄乌斯助阵。马歇斯一直打到他们上气不
接下气地逃走

多事的懦夫，你们来帮我

反而丢我的脸。   下

第九场   /   景同前

警号。喇叭奏花腔 [1]。收兵号。考密涅斯率众罗马兵士自一门上，马歇斯一臂裹巾自另一门上

考密涅斯　　我要是把你今天的战绩细细说给你听，

你自己也不敢相信。我要上报战况，

让元老们喜极而泣；

让显贵们满腹狐疑耸肩倾听，

听完后钦佩不已；让贵妇们花容失色，

欢欣战栗，欲闻其详；让和庸民一样

恨你尊荣加身的蠢护民官

也只得违心说："感谢神明，

赐予我们罗马这么一位军人！"

但和你打过的大仗相比，

这只是宴席上的一碟小菜。

泰特斯·拉歇斯率军队追击敌人上

拉歇斯　　噢，大帅，

这位是骏马，我们只是马衣。

1　喇叭奏花腔（Flourish）：喇叭奏花腔通常表明一位要人的到来或离开。

您要是看见——
马歇斯 好啦，请别说了。我母亲

虽有夸奖亲骨肉的特权，

她一夸我我就很别扭。我做的事

跟你们一样，只是尽力而为；动机

也一样，大家都是为国效力。

凡是把坚定信念付诸实践的人，

功劳都比我高。
考密涅斯 你不该埋没自己的功绩，

罗马应当知道自己健儿的价值。

你的功勋再怎么被称颂

也不为过。

如果隐瞒实情，就比偷窃更严重，

倘若绝口不提，就与诽谤罪同罪。

所以为了让人认识真正的你，

而不是奖掖

你的辛劳，请让我给全军将士讲几句话。
马歇斯 我身上有几处伤，

一让人提起就生痛。
考密涅斯 要是没人提，

它们很可能会因为忘恩负义而溃烂，

用死亡来自行医治。我们缴获的大批骏马，

从战场和城里搜得的一切珍宝，

都赠你十分之一。

在公开分配战利品前，

你还可以

任意挑选。

马歇斯　　　　非常感谢，大帅。
　　　　　　　　我可不乐意让自己的剑
　　　　　　　　收受贿赂。我不要这种殊荣。
　　　　　　　　我和这回参战的人
　　　　　　　　享受同等待遇就好。

喇叭长奏花腔。众人高呼"马歇斯！马歇斯！"抛掷帽、矛；考密涅斯与拉歇斯卸盔肃立

　　　　　　　　愿你们亵渎的这些乐器
　　　　　　　　再也发不出声响！如果阵地上的鼓角
　　　　　　　　都成了谄媚的工具，宫廷和城市就会
　　　　　　　　让曲意逢迎充斥！如果钢刀都变得
　　　　　　　　像清客的丝袍那么软，那就该让清客去
　　　　　　　　打前锋了。哎呀，别这样！
　　　　　　　　我只是鼻血没洗净，
　　　　　　　　打败了几个孬种，这儿有许多弟兄都默默地
　　　　　　　　干了同样的事。你们这样对我
　　　　　　　　大吹大捧，
　　　　　　　　好像我喜欢让自己这点本事
　　　　　　　　被赞辞和谎言添油加醋似的。

考密涅斯　　　你过谦了。
　　　　　　　　你对自己的令名太苛酷，不感激
　　　　　　　　我们的由衷称颂倒还在其次。请别见怪，
　　　　　　　　要是你和自己过不去，我们就把你
　　　　　　　　当成想伤害自己的人铐起来，
　　　　　　　　再安心同你理论。要知道，
　　　　　　　　在我们和世人眼里，卡厄斯·马歇斯
　　　　　　　　是这场胜战中最大的英雄，为了表彰他的功勋，

> 我把这匹在军中赫赫有名的骏马
> 和整套马具送给他。他在科利奥里城立下奇功，
> 让我们一起为他鼓掌欢呼，
> 从今往后称他为
> 卡厄斯·马歇斯·科利奥兰纳斯！愿他永享这个尊号！

喇叭奏花腔。鼓号齐鸣

众人　　　　　　卡厄斯·马歇斯·科利奥兰纳斯！

科利奥兰纳斯　　（对考密涅斯）我去洗把脸。
　　　　　　　　　等我把脸洗干净，你们就能看出
　　　　　　　　　我是不是脸红了。虽然是这样，我还是感谢您。
　　　　　　　　　我决定骑上您的骏马，尽力永保
　　　　　　　　　你们惠赐
　　　　　　　　　的名号。

考密涅斯斯　　好，我们回营去。
　　　　　　　　　在安歇前，我们还得写信
　　　　　　　　　向罗马报告胜利的喜讯。泰特斯·拉歇斯，
　　　　　　　　　你回科利奥里，把他们最高贵的人
　　　　　　　　　送到罗马与我们商订和约条款，
　　　　　　　　　这是为了双方的利益。

拉歇斯　　　　遵命，大帅。

科利奥兰纳斯　天神开始笑我了。我刚
　　　　　　　　　拒绝了最丰厚的赠礼，现在又来
　　　　　　　　　求大帅给我行个方便。

考密涅斯　　　没问题，我有求必应。是什么事呢？

科利奥兰纳斯　我向这科利奥里城的
　　　　　　　　　一个穷汉借过宿，他待我很好。
　　　　　　　　　我见他成了我们的俘虏，高声向我求救，

可我当时看到奥菲狄乌斯，

同情心都给怒气压倒了。

请把我的可怜东家放了吧。

考密涅斯　　噢！求得好！

就算他杀了我儿子，也能

像风一样自由。泰特斯，放了他。

拉歇斯　　　马歇斯，他叫什么？

科利奥兰纳斯　朱庇特呀！我忘了。

我累了，没错，连记性都差了。

我们这儿有酒吗？

考密涅斯　　我们回营吧。

你脸上的血干了，该去

接受治疗了。走。　　　　　　　众人下

第十场 / 景同前

喇叭奏花腔。号筒声。流血的塔勒斯·奥菲狄乌斯率二三兵士上

奥菲狄乌斯　城都给人占了！

兵士甲　　　等条件谈好，就会原样奉还。

奥菲狄乌斯　条件？

我真希望自己是罗马人，身为伏尔斯人，

连自尊都保不住了。条件？

任人宰割的一方，

还能有什么好条件！马歇斯，我跟你交战了
五次，次次都是你的手下败将。
我相信就算我们遭遇的次数
多得像吃饭，
你也能次次把我打败。天地为证，
下次再让我看见他，
不是他死就是我亡。我太嫉妒他，
不能像过去那样顾及荣誉了。既然
公平打斗、真刀实枪赢不了，我就凭一时之怒和计谋
设法弄死他。

兵士甲　　　　他是个魔鬼。

奥菲狄乌斯　　他不如魔鬼狡猾，可比魔鬼胆大。
我的勇气都给他打击得变了质，一见他
就会自己飞走。我不管他是在睡觉，还是在圣所，
也不管他是毫无防备，还是抱病在身，庙宇、神殿、
祭司的祷告和献祭的良辰，
这些复仇的障碍都不能
靠陈腐的特权和惯例
消解我对马歇斯的仇恨。不管在哪儿找着他，
就算他在我家，有我兄弟护着，
我也要违反待客之道，
当场挖出他的心来。你们去城里
探听一下敌人的占领情况，问问是谁
要去罗马当人质。

兵士甲　　　　您不去？

奥菲狄乌斯　　我在柏树林等着，
就是城内磨坊南边那个——等你弄清外边的情形，

请到那儿去知会我一声，
我也好见机行事。

兵士甲　　　是，大人。　　　　　　　　　　　　　　　　众人下

第二幕

第一场 / 第五景

罗马

米尼涅斯率二护民官西西涅斯与勃鲁托斯上

米尼涅斯 占卜师[1]对我说，我们今晚就会有消息。

勃鲁托斯 消息是好是坏？

米尼涅斯 和民众祈求的不符，因为他们讨厌马歇斯。

西西涅斯 连畜生也生来就知道谁是朋友。

米尼涅斯 请问，狼喜欢谁？

西西涅斯 喜欢羔羊。

米尼涅斯 对，喜欢把它吞下去，就像饥饿的平民恨不得吞掉尊贵的马歇斯。

勃鲁托斯 好一只叫声像熊的羔羊。

米尼涅斯 他真是头活得像羔羊的熊！您二位都是长者，请回答我一个问题。

西西涅斯与勃鲁托斯 您只管问，先生。

米尼涅斯 马歇斯有哪个重大缺陷不是您二位身上大量存在的？

勃鲁托斯 大家的缺点他都有，哪种也不少。

西西涅斯 特别是骄傲。

勃鲁托斯 他爱大吹大擂，在这方面盖世无双。

---

1 占卜师（augurer）：指罗马的宗教官员，他们通过研究星相和禽鸟等用于献祭的生物的行为与内脏来预言未来。

米尼涅斯　　这就奇了。您二位可知城里人，我是说像我们这种上等人 [1]，是怎么评论二位的？

西西涅斯与勃鲁托斯　怎么评论？

米尼涅斯　　正好你们说到骄傲，你们不会生气吧？

西西涅斯与勃鲁托斯　不会，不会，大人，您说吧。

米尼涅斯　　哎哟，你们生气也不要紧，反正一点鸡毛蒜皮的事，也能让你们大动肝火。压压火气吧，要是你们非得生气，那也悉听尊便。你们怪马歇斯太骄傲是吧？

勃鲁托斯　　不光我俩这么想。

米尼涅斯　　我就知道单凭你俩干不成什么事。你们得有很多帮手，不然办成的事就会少得出奇。你们能力太差，不依赖别人几乎就无所作为。你们提起骄傲，噢！你们要是能转过脸看看自己的后脑勺，稍微反省反省就好了！噢！你们要是能这么做就好了！

勃鲁托斯　　能又怎样？

米尼涅斯　　嘿，那你们就会看见全罗马最无能、最自大、最暴躁、最冲动的一对官儿，也就是一对头号傻瓜。

西西涅斯　　米尼涅斯，大家也知道您的为人。

米尼涅斯　　谁都知道我是个怪脾气 [2] 贵族，喜欢喝不兑水的热酒；都说我有点偏听偏信，容易为小事动怒；我喜欢彻夜饮宴，不爱日出而作；有话直说，说完拉倒，心里不留芥蒂。碰到像您二位这样的公仆——恕我不能叫你们吕库古 [3]——要是你们敬我的酒不好喝，我会冲它扮鬼脸；你

1　上等人：原文为 o'th'right-hand file；传统做法是将有地位的人安排在战阵的右侧，故有此说。

2　怪脾气（humorous）：旧时认为人的脾性与情绪是由四种体液（bodily humors）决定的。

3　吕库古（Lycurgus）为传说中的斯巴达立法者，以睿智著称；此处借指智者。

们发表的高论大多像驴叫，我可以恭维你们讲得好；有些人说你们是可敬、庄重的长者，我也只好忍了；可那些说你们相貌堂堂的人，分明是信口雌黄。如果你们从我面相上看出这点，就等于大家都了解我了？我要真是大家都了解的人，就凭你们的昏花老眼，又能辨出我什么性格缺陷？

勃鲁托斯　行了，行了，我们很了解您的为人。

米尼涅斯　你们既不知人，也不自知，一无所知。你们太喜欢那些穷鬼对你们脱帽行礼，会把整整一上午的好光阴都耗在审理女橘贩[1]跟卖塞子的男人的官司上，结果还让这场为三便士打的官司延期审理。你们听取双方证词的时候，如遇疝气痛突发，就会像演哑剧似的做怪相，暴跳如雷耐性全失，只顾吼着要便壶，把没审完的案子撂下不管，案子让你们越审越糊涂。你们调解纠纷的唯一办法就是骂当事人双方无赖。你们可真是一对活宝。

勃鲁托斯　得了，得了，大家都觉得，与其说您是元老院不可或缺的人物，不如说您是宴席上插科打诨的好手。

米尼涅斯　碰上你们这种荒唐家伙，连我们的祭司也忍不住要嘲笑。在你们说话最像样的时候，那话也不值得你们乱摆胡子；至于你们的胡须，它连给补衣匠塞椅垫、填驴鞍都不配。可是你们还非要说"马歇斯骄傲"；就算按最保守的估计，他也能抵得上自大洪水[2]以来你们所有先人的总和，

1　女橘贩（orange-wife）：她与卖塞子的男人的官司可能是指妓女与嫖客之间的纠纷；在公共剧场里，妓女常扮作女橘贩拉客。

2　原文为 Deucalion，即丢卡利翁，希腊神话中普罗米修斯（Prometheus）的儿子，他和他的妻子是宙斯（Zeus）用来惩罚人类的大洪水中仅有的两个幸存者。

哪怕他们里头最有才的几个可能代代都是刽子手。晚安，两位大人。你们是那群野蛮平民的牧人，再跟你们多说，我的脑子也会给同化了，恕我失陪。

勃鲁托斯与西西涅斯退至一旁

伏伦妮娅、维吉利娅与凡勒利娅上

哎呀，美丽高贵的夫人们，就算月神[1]下凡，也没你们高贵。请问你们眼巴巴地张望什么呢？

伏伦妮娅 尊贵的米尼涅斯，我儿子马歇斯快到了。为了天后朱诺[2]的爱，我们走吧。

米尼涅斯 什么？马歇斯回来啦？

伏伦妮娅 对，尊贵的米尼涅斯，而且是凯旋而归。

米尼涅斯 （向空中掷帽）接住我的帽子，朱庇特，感谢您。嗬！马歇斯回来了？

维吉利娅与凡勒利娅 可不是，他真的回来了。

伏伦妮娅 瞧，这有一封他的信。政府也收到了一封，他妻子也是。我想您家也会有封给您的信。

米尼涅斯 今晚我要举家喝个天旋地转。有我的信？

维吉利娅 对，真有一封给您的信，我看见了。

米尼涅斯 有我的信！他的信能让我七年百病不生，在这些年里，我敢朝医生撇嘴表示不屑。和这味祛病延年的灵丹比，加伦[3]药典里的特效药也成了土方子，名声不比马药强。他没受伤吧？他每次回来，总带着伤。

1　月神（the moon）：月神狄安娜（Diana）也是罗马神话中的贞节之神。

2　朱诺（Juno）：罗马神话中地位最高的女神，是众神之王朱庇特（Jupiter）之妻。

3　加伦（Galen）：他是希腊名医（此处为时代错误；加伦生活在 2 世纪，晚于科利奥兰纳斯生活的时代）。

维吉利娅	噢，没有，没有，没有。
伏伦妮娅	噢，他受伤了，我为此感谢天神！
米尼涅斯	只要没受重伤，我也感谢天神。他不是把胜利收入囊中了？那负点伤更能显出他的英雄本色。
伏伦妮娅	他把胜利之冠戴在头上了，米尼涅斯。这是他第三回头戴橡叶冠归来。
米尼涅斯	他狠狠教训奥菲狄乌斯了吧？
伏伦妮娅	泰特斯·拉歇斯信上说他们交了手，不过奥菲狄乌斯逃了。
米尼涅斯	我敢说他非逃不可。他要是敢待在马歇斯跟前，就是把科利奥里城的宝箱和里头的金银财宝全给我，我也不愿变成他 [1]。元老院得到消息啦？
伏伦妮娅	两位好夫人，我们走。知道，知道，知道，元老院收到了大帅的那些信，他把这回的胜战完全归功于我儿子。他这回立的功确实比以前的大一倍。
凡勒利娅	说真的，别人还提到他的许多惊人壮举。
米尼涅斯	惊人！嘿，我向您保证，那全是他的真本事。
维吉利娅	天神保佑那些功绩都是真的！
伏伦妮娅	是真的！怎么假得了！
米尼涅斯	是真的！我敢发誓都是真的。他哪儿受了伤？——（对二护民官）天神保佑二位大人！马歇斯回来了，他有更多骄傲的资本啦。——他伤到哪儿了？
伏伦妮娅	是在肩膀和左臂。等他参加竞选，就能向民众展示很大的伤疤了。他在击退塔昆 [2] 那一战中受了七处伤。

---

1 变成他（'fidiussed）：指得到奥菲狄乌斯的待遇。米尼涅斯为了打趣，用奥菲狄乌斯的名字造了一个词。

2 塔昆（Tarquin）：是罗马王政时代的末代君主，约在公元前 496 年战败。

米尼涅斯	一处在颈上，两处在大腿上——我一共知道九处。[1]
伏伦妮娅	这回出征前，他全身共有二十五处伤。
米尼涅斯	现在是二十七处，每个伤口都是敌人的坟墓。

欢呼声，喇叭奏花腔

> 听！喇叭声！

伏伦妮娅	这是马歇斯到来的前奏。他来前总是喧声震耳，走后只
	余一片泪海。
	他那强健的臂膀里藏着阴森的死神，
	起落之间，就结果了好多敌人的性命。

仪仗号。号角齐鸣。考密涅斯大将军与泰特斯·拉歇斯拥头戴橡叶冠的科利奥兰纳斯上，众将领、兵士与一传令官随上

传令官	罗马人听着：马歇斯
	在科利奥里城孤身奋战，在那里赢得了
	一个尊号，可在卡厄斯·马歇斯之后，
	缀上"科利奥兰纳斯"的荣名。
	欢迎回罗马，威名赫赫的科利奥兰纳斯！

喇叭奏花腔

众人	欢迎回罗马，威名赫赫的科利奥兰纳斯！
科利奥兰纳斯	快别这样了，这让我浑身不自在，
	请你们马上停下来。
考密涅斯	瞧，将军，令堂在此！
科利奥兰纳斯	噢！我知道您为了让我获胜，
	向所有神明都祷告了。（跪地）
伏伦妮娅	别这样，我的好战士，起来。（他起身）

1　一处……九处：或是米尼涅斯因过于急切地表明自己比伏伦妮娅更了解情况而算错了，或是
　　他一开始出声计算，后来不耐烦——列举其他六处伤口的位置，直接心算出了总数。

> 善良的马歇斯，尊贵的卡厄斯，
> 你那刚凭战功赢得的尊号，
> 是叫什么来着？我得管你叫"科利奥兰纳斯"？
> 噢，瞧你妻子！

科利奥兰纳斯 （对维吉利娅）可爱的静默，你好！
你这样泪流满面地迎接我凯旋归来，
是想等我给人用棺材运回来再笑吗？噢，亲爱的，
科利奥里城的那些寡妇
和丧子的母亲，才像你这样泪眼婆娑。

米尼涅斯 愿天神让你恩荣并至！

科利奥兰纳斯 您还没死啊？（对凡勒利娅）噢，我的好夫人，恕我失礼。

伏伦妮娅 我都弄不清该招呼谁了。噢！欢迎回来！
欢迎，大将军！欢迎，各位将士！

米尼涅斯 十万个欢迎！我既想哭，
又想笑；心情既轻松又沉重。欢迎！
谁要是见到你们还不高兴，
就让诅咒啃他的心！你们三个
应该得到罗马的眷爱。可是，凭人类的忠诚起誓，
我们城里有几株老山楂树就是
不肯让你们如意。欢迎，战士们！
是荨麻我们就管它叫荨麻，
是傻瓜的错就管它叫愚蠢。

考密涅斯 说得很对。

科利奥兰纳斯 米尼涅斯，您的话总是在理。

传令官 让路，前进！

科利奥兰纳斯 （对伏伦妮娅与维吉利娅）让我吻您的手，再吻你的。
我回家之前

要先去拜访那些贵族。

他们不但向我致意，

还授给我很多新的勋章。

伏伦妮娅　我活到今天，

看到愿望一一实现，

憧憬的事也成了真。现在只差

一样了，我相信

我们罗马一定会把它授给你。

科利奥兰纳斯　好妈妈，要知道，

我宁可按自己的心意为他们效力，

不想照他们的安排和他们一起风光。

考密涅斯　前进，去元老院！

　　　　　　　喇叭奏花腔。号筒声。众人按前序列仪仗下

西西涅斯与勃鲁托斯上

勃鲁托斯　所有人的舌头都在谈他，两眼昏花的老人

也戴起眼镜来看他；饶舌的奶妈

说他说得入了迷，任照管的婴儿

在一旁啼哭；帮厨的丫头也用

最好的麻巾裹住油腻的脖颈，

爬上墙头去看他；马厩、铺面、窗前，

全挤满了人，肤色各异的人

也在屋顶上挤着、屋脊上骑着，大家都

争着看他；鲜少露面的祭司

也在人群里挤来挤去，喘着粗气

跟人抢夺立足之地；

我们那些戴面纱的贵妇，为此露出

妆容精致、红白争妍的脸儿，

任福玻斯 [1] 恣意亲吻，真是热闹非凡。
就像哪个引导他的神明
悄悄附进他那具凡人的躯壳，
给了他迷人的丰仪。

西西涅斯　我敢说他就快当执政官了。

勃鲁托斯　等他得势，我们的权力就泡了汤。

西西涅斯　他这种人不能有始有终地
安享尊荣，肯定
早晚得失势。

勃鲁托斯　是这样就好了。

西西涅斯　别担心，
我们代表的平民，早就
反感他了，将来因为
一点琐事就会忘记他新得的荣誉。
他那么傲，我敢说他一定会干出什么
招人不满的事来。

勃鲁托斯　我听他发誓说，
他要是竞选执政官，就决不
到市场去，不穿
表示谦卑的破粗布衣，
更不会照例向民众
展示伤痕，乞求他们那些臭嘴表示同意。

西西涅斯　不错。

勃鲁托斯　他是这么说的：噢，他宁可放弃执政官之位，
也不愿按上流人士的请求

1　福玻斯（Phoebus）：即太阳神。

和贵族的心愿去干这种事。

西西涅斯　　我希望他

固执己见，

说到做到。

勃鲁托斯　　他很可能会这么干。

西西涅斯　　要真是这样，那他

就难免垮台，一如我们所愿。

勃鲁托斯　　他要是不垮，

我们就权力不保。

我们得让民众知道

他向来是怎么敌视他们的。他若位高权重，一定

会把他们当骡当马，禁止别人替他们申诉，

剥夺他们的自由权利，认为

他们的行为和能力，

都不适于处理社会事务，

就像骆驼在战场上百无一用，全靠能负重

才有草料吃，要是驮不动趴下，

就会招来毒打。

西西涅斯　　就像你说的，

等他朝民众

大发雷霆——这种时候可不少，

只要稍微激他一下，简直就像

放狗咬羊那么简单——就会

引燃他们这堆干柴，被他们的熊熊怒火

烤得焦黑。

一信差上

勃鲁托斯　　什么事？

信差	有请二位大人移步元老院。大家都觉得
	马歇斯要当执政官了。我看见
	聋子围过去看他，瞎子挤过去
	听他讲话。他一路走来，
	主妇们朝他扔手套，
	贵妇和侍女们向他抛围巾，抛手绢；贵族见了他，
	就像对乔武[1]的神像那样鞠躬致敬；平民见了他，
	都掷帽如雨，欢声雷动。
	我从没见过这番景象。
勃鲁托斯	我们去元老院吧。
	让我们一边用耳目留意情势发展，
	一边用心筹划大事。
西西涅斯	我跟你一起去。 众人下

第二场 / 第六景

罗马（元老院）

二吏役上，按元老院之俗铺坐垫

吏役甲	快点，快点，他们马上就到。有几个人竞选执政？
吏役乙	说有三个，不过大家都觉得科利奥兰纳斯会当选。
吏役甲	他是条好汉，可是太骄傲，对平民也没好感。

---

1 乔武（Jove）：罗马神话中的主神（亦称朱庇特）。

吏役乙 说真的，很多大人物嘴上奉承平民，心里根本不喜欢他们。有很多人喜欢别人，却不知干吗喜欢。他们会无缘无故地爱人，就会莫名其妙地恨人。所以呢，科利奥兰纳斯对他们的爱憎漠不关心，正说明他对他们的性情了如指掌，并且襟怀坦荡，任他们把他的态度看个明白。

吏役甲 要是他根本不在乎他们的爱憎，那该对他们不卑不亢才是。可他想挑衅他们的意图，比他们对他的仇恨还强烈，他总是竭力表明自己是他们的对头。这种刻意惹民众不满的做法和他唾弃的逢迎民众的手段同样不对。

吏役乙 他为国立下汗马功劳，荣升高位，绝不像碌碌无为之辈光凭逢迎民众，向他们脱帽行礼来谋求声名爵禄；他的荣誉映在他们眼中，他的功业刻在他们心间，他们要是默不作声，全盘否认，就是忘恩负义；若是胡编乱造，颠倒是非，就是恶意中伤，公然作假，应该被每个听到的人斥责。

吏役甲 不说他了，他是可敬可佩。让开，他们来了。

仪仗号。扈从引众贵族与二护民官西西涅斯与勃鲁托斯上；科利奥兰纳斯、米尼涅斯与执政官考密涅斯同上。西西涅斯与勃鲁托斯各自就座，科利奥兰纳斯站立

米尼涅斯 我们决定了处置伏尔斯人的办法，也
决定派人召回泰特斯·拉歇斯，
这次会议的最后议题，
就是怎么褒奖这位
为国效力、功勋卓著的英雄。所以，
各位尊贵的元老，
请你们让现任执政，也就是这回领导
我们取得胜利的主将，

向我们简略报告
卡厄斯·马歇斯·科利奥兰纳斯的丰功伟绩，
我们这次开会就是为了向他致谢，
并把他当之无愧的荣誉授予他。

元老甲　　说吧，尊贵的考密涅斯。
别怕话多略去什么，宁可让人觉得
是城邦在嘉奖功臣上能力有限，
而不是我们缺少尽力酬庸之心。——
（对二护民官）二位民众代表，
烦请耐心静听，等我们决定之后，
还得劳驾你们向民众传达我们的意思，
让他们赞同我们的决议。

西西涅斯　　我们来开会是为了讨论一项令人愉快的提议，也有意表
彰、提拔大会讨论的人物。

勃鲁托斯　　要是他能把对民众的一贯态度略加改善，我们肯定很乐
意赞同。

米尼涅斯　　跑题了，别说题外话。我觉得你们还是免开尊口为好。
你们愿意听考密涅斯发言吗？

勃鲁托斯　　非常愿意，可我的提醒比您的责备中肯。

米尼涅斯　　他爱你们那些民众，可是别强迫他跟他们同床共枕。尊
贵的考密涅斯，说吧。

科利奥兰纳斯起身欲去

（对科利奥兰纳斯）不，您坐。

元老甲　　坐下，科利奥兰纳斯。别一听人提起您的光辉战绩
就害臊。

科利奥兰纳斯　　请诸位大人原谅，
我宁可再疗一次伤，

	也不愿听人说我这伤是怎么受的。
勃鲁托斯	将军，希望不是我的话让您想退席了。
科利奥兰纳斯	不是，先生。 时常是打击让我停留，空话使我逃避。 你不奉承我，所以我不怕。至于你的民众， 我对他们的喜爱与他们的价值相当——
米尼涅斯	哎，请坐。
科利奥兰纳斯	我宁愿在战斗号响起时 让人在日光下给我搔头，也不愿干坐着 听人夸大我干的那些不值一提的小事。　科利奥兰纳斯下
米尼涅斯	民众的两位统治者， 他怎么可能去奉承你们那些快速增殖、 一千个里也难寻一个好人的庸民？——你们都知道他宁可 为了荣誉缺胳膊少腿， 也不愿支起一只耳来听人夸他的功勋了。开始吧，考密涅斯。
考密涅斯	我的音量不够，科利奥兰纳斯的伟绩 不该用这么微弱的声音讲述。世人公认 勇敢是最大的美德， 勇者最受尊崇。要果真如此， 那我现在说的人， 就举世无双了。他十六岁那年， 适逢塔昆举兵反攻罗马，他在战斗中 神勇过人。我们当时的统帅， 提起他我满怀敬意，亲眼目睹了他作战的英姿， 看到白皙清秀的 [1] 他，

1　白皙清秀的：原文为 Amazonian，指如阿玛宗女战士一样没有胡须的。阿玛宗人（Amazons）
　为传说中居住在小亚细亚地区的部族，全族皆是骁勇善战的女武士。

把满脸胡须的大汉杀得豕突狼奔。他跨在一个
被打倒的罗马人身上，当着统帅的面
手刃三个敌人，还与塔昆对阵，
打得他双膝跪地。在那天的战斗中，
他本来可以像女人那样怯懦不前，
却证明自己是战场上最勇敢的战士，凭战功
赢得了额上的橡叶冠。他未及弱冠之年
就成了男子汉，此后依然勇气高涨，
在先后十七次战役中
所向无敌。在最近这次
科利奥里城内外的鏖战中，他的非凡表现
更让我无法尽述。他拦住溃退的逃兵，
亲身树立罕见的榜样，让懦夫
由贪生怕死变得视死如归。在他剑光所及之处，
敌人就像船下的水草，纷纷倒伏，不是投降
就是丧命。他的剑就是死亡的印记，
触到谁谁就死。他从头到脚，
浑身浴血，每个动作
都引起绝命的哀号。他只身一人
闯进杀机四伏的城门，在门上画下
无可逃避的命运，又孤身突围而出，
率一支突至的援军，像彗星那样
袭向科利奥里城。大获全胜之后，
他又敏锐捕捉到了
战斗的喧嚣，立刻凭过人的士气
忘却肢体的疲劳，
重返沙场；在那里他

纵横驰骋，英勇奋战，像在
进行一场永无止境的屠杀。直到我们宣布
已经占领城郊与城池，他才停下
来歇口气。

米尼涅斯　　　了不起的英雄！

元老甲　　　我们要授予他的尊荣，他当之无愧。

考密涅斯　　　他拒绝我们
给他的战利品，视财宝
如粪土，他想要的
比吝啬本身愿给的更少。行动本身
就是他给自己的酬劳，把事情办好
他就心满意足。

米尼涅斯　　　他可真高洁呀。去请他回来。

元老甲　　　有请科利奥兰纳斯。

吏役　　　他来了。

科利奥兰纳斯上

米尼涅斯　　　科利奥兰纳斯，元老们很乐意让你当执政。

科利奥兰纳斯　我应当永远为他们赴汤蹈火。

米尼涅斯　　　最后一个手续是对民众讲几句话。

科利奥兰纳斯　我恳求你们，
别让我去遵循这个惯例。我不能
披着粗布长袍，袒身露体[1]地求他们
念在我有伤的分上惠赐赞成票。
请你们免了我这道手续吧。

西西涅斯　　　将军，民众必须表明意见。

1　袒身露体（naked）：指袍内不着衣物（以便展示战时留下的伤痕）。

	他们一点例行程序都不肯少。
米尼涅斯	别惹他们生气。
	还是请你按例行事,
	像前任那样,
	按程序获得职位吧。
科利奥兰纳斯	我演这个角色,肯定会脸红,
	大可不必当众出丑。
勃鲁托斯	(对西西涅斯)你听到了吧?
科利奥兰纳斯	对他们吹嘘"我做了这个,做了那个",
	向他们展示不痛不痒、应当秘不示人的伤疤,
	好像我负这些伤
	就为换他们一声赞叹!
米尼涅斯	别这么固执。
	两位护民官,请你们向民众
	转达我们的意思。愿我们高贵的执政
	享有一切快乐与荣耀!
众元老	愿科利奥兰纳斯享有一切快乐与荣耀!

号筒奏花腔。接着除西西涅斯与勃鲁托斯外众人下

勃鲁托斯	你看清他要怎么对待民众了吧。
西西涅斯	愿他们识破他的居心!他会带着不屑
	去求他们,
	仿佛在鄙视他求取的恩惠。
勃鲁托斯	走,我们去告诉他们
	这儿的情形,我知道他们都在市场上
	等消息。 同下

第三场　　/　　第七景

罗马（市场）

七八城民上

城民甲	最后说一遍，要是他来求俺们同意，俺们可不该拒绝。
城民乙	俺们要是想拒绝，也是可以的。
城民丙	俺们确实有权拒绝，可没权力用这种权力。他要是给俺们看他的伤疤，给俺们讲他的功绩，俺们就该替他的伤疤说话。要是他对俺们说他的伟大功绩，俺们就该好好表示钦佩。忘恩负义是丑事，老百姓要是忘恩负义，就会把自个儿变成怪兽。俺们是老百姓的一分子，也会变成怪兽身上的一部分。
城民甲	一点小事就会让俺们给人看成怪兽。上回俺们为粮食起事，他本人立马骂俺们是多头怪兽。
城民丙	很多人都这么说俺们，不是因为俺们的头有棕，有黑，有黄，有秃，而是因为俺们的想法太不一样。俺真的觉得，要是俺们的想法都从脑壳里涌出来，肯定会东南西北乱飞，大伙儿都同意的那条路线就是同时四下乱飞。
城民乙	你这么想啊？那你看俺的想法会往哪儿飞？
城民丙	不，你的想法可不像人家的那么容易出来[1]，它是牢牢卡在一块木头里的。它要是得到自由，肯定会朝南[2]飞。
城民乙	为啥飞到那边？

---

1 你的想法……容易出来（your wit will not so soon out as another man's will）：或许在以 wit 和 will 两词用于指代"阴茎"的性涵义为戏。

2 朝南（southward）：旧时认为南风带来疾病与暴雨；抑或指下部，即生殖器。

城民丙	为了迷失在雾里呀。它在那儿被又脏又臭的露水溶掉四分之三，剩下四分之一良心不安飞回来，帮你讨个老婆。
城民乙	你老开人家的玩笑；好，你爱开就开吧。
城民丙	你们都决定选他啦？那也没关系，结果是按多数人的意见定的。嘿，他要是肯对民众好，谁都没他有资格。

科利奥兰纳斯身穿表谦卑的粗布袍与米尼涅斯上

他来了，还披了表示谦卑的粗布袍。留心他的举动。大伙儿别凑在一块儿，要一个个地，要么就三三两两地打他边上走过。这样他就得挨个儿征求俺们的同意，每个人都有权亲口答应他的请求。跟俺来吧，俺教你们怎么打他身边经过。

众人	好，好。	众城民下
米尼涅斯	噢，将军，你错了。你难道不知道 最高贵的人都干过这种事？	
科利奥兰纳斯	我该说什么？ 说"求您了，先生"？该死的！我不能让 自己的舌头这般乞怜："瞧，先生，瞧我的伤疤！ 我为国尽忠受了这些伤， 你们那些兄弟当时可是 给自己人的战鼓声吓得惊呼逃窜哪。"	
米尼涅斯	哎哟，天神！你不能这么说。 你该请他们顾念你的军功。	
科利奥兰纳斯	顾念我的军功！让他们见鬼去吧！ 我宁可他们忘了我，就像忘记 祭司白给他们的忠告，要他们践行美德一样。	
米尼涅斯	你会把事儿搞砸的。 我走了。请和和气气地	

	对他们说话。 下
科利奥兰纳斯	叫他们去洗洗脸， 清清牙。

三城民上

> 好，这边来了一对[1]。
> 先生，你们肯定知道我为什么站在这儿。

城民丙	俺们知道，将军。告诉俺们您为啥来这儿吧。
科利奥兰纳斯	是我自己的功劳。
城民乙	您自己的功劳！
科利奥兰纳斯	对，但不是我本人的意愿。
城民丙	怎么不是您本人的意愿？
科利奥兰纳斯	真的不是，先生，我从来不愿麻烦穷人给我施舍。
城民丙	您该明白，俺们要是给您什么，也想从您那儿得到好处。
科利奥兰纳斯	好啊，请问向你们讨个执政当需要付出什么代价？
城民甲	代价就是您得和气地请求。
科利奥兰纳斯	和气！先生，求你们让我当执政吧，我有伤疤给你们看， 当然是在僻静的地方。请你们同意吧，先生。你们意下 如何？
城民乙	俺们同意您当执政，可敬的将军。
科利奥兰纳斯	一言为定，先生。我讨到珍贵的两票了。多谢你们施舍， 再会。
城民丙	这可有点儿怪。
城民乙	要是能收回说过的话——算啦。 三城民下

另有二城民上

---

1 一对（a brace）：这个词原指两只狗；此处存在前后不一致现象，因为有三个城民上场；同样，
下文认为珍贵的两票时似乎也忽略了第三个城民。

科利奥兰纳斯	我按例披上这件袍子了，请问你们同不同意我当执政？
城民丁	您为国立功应该得到奖赏，可又不配得到奖赏。
科利奥兰纳斯	此话怎讲？
城民丁	您鞭笞罗马的敌人，棒打罗马的朋友：您对平民真的没好感。
科利奥兰纳斯	我不滥做人情，你该特别尊敬我才是。先生，我可以逢迎这些誓同生死的同胞，来博得民众的欢心，如果这就是他们要的谦恭有礼。既然他们只需我脱帽致敬，而不是一片忠心，我可以学学这种谄媚的礼仪，对吃这套的人装模作样。也就是说，先生，我会学学那些受欢迎的人物的本事，在喜欢这套的人面前好好施展。所以我求你们，让我当执政。
城民戊	俺们希望您当俺们是朋友，所以巴心巴肝地拥护您。
城民丁	您为国受过许多伤。
科利奥兰纳斯	你们既然知道，我就不亮出来证明了。我一定珍惜你们的盛情，不给你们多添麻烦。
二城民	衷心希望天神赐您快乐，将军！ 二城民下
科利奥兰纳斯	最美妙的同意！

就算去死，就算挨饿，
也比问人讨要应得的报酬强。
我为何要一身毡布衣立在这儿，
向民众讨要无关紧要的
同意？是习俗逼我这么做。
如果习俗怎么要求，我们就怎么做，
那经年累积的灰尘就永远无法清除，
堆积如山的谬误就会高到完全把
公道正义遮住。与其这样出乖卖丑，

还不如把这个显赫官职和它的荣耀
让给肯干这种事的人。我的戏演了半本，
受完了一半的罪，索性硬着头皮演完拉倒。

再有三城民上

又来了几张选票。
请你们同意！为了你们的同意，我和敌人作战；
为了你们的支持，我枕戈待旦；
为了你们的首肯和认同，
我受了二十多处伤，看过、打过十八次仗。
为了你们的赞同，我干了很多事，有大也有小。
请你们点头吧，我真的想当执政。

城民己　　他立过大功，每个正派人都该投他一票。

城民庚　　那就让他当执政吧。愿天神赐他快乐，让他当百姓的好
　　　　　　朋友！

三城民　　阿门，阿门。神明保佑您，尊贵的执政！

科利奥兰纳斯　可敬的同意！　　　　　　　　　　　　三城民下

米尼涅斯率勃鲁托斯与西西涅斯上

米尼涅斯　　规定的竞选时间已到，两位护民官
　　　　　　向你宣布了民众的认可，现在就差
　　　　　　授印了，
　　　　　　你这就去元老院吧。

科利奥兰纳斯　完事啦？

西西涅斯　　您按例走完了拉票程序，
　　　　　　民众确实认可您，他们很快会被召来
　　　　　　开个会，通过对您的任命。

科利奥兰纳斯　在哪儿开会？在元老院？

西西涅斯　　对，科利奥兰纳斯。

科利奥兰纳斯	我能换身衣服吗？
西西涅斯	可以换了，将军。
科利奥兰纳斯	我这就去换，等恢复了本来面目，
	再去元老院。
米尼涅斯	我陪你去。——（对二护民官）你们二位也一起走吗？
勃鲁托斯	我们要在这儿等民众。
西西涅斯	再见。 科利奥兰纳斯与米尼涅斯下
	他得到这个职位了，从他的脸色我看得出
	他心里可美了。
勃鲁托斯	他是满心骄傲地披那条谦卑袍的。
	你要解散那些民众？

众城民上

西西涅斯	哎呀，各位先生！你们选中这个人啦？
城民甲	俺们同意选他了，大人。
勃鲁托斯	我们祈求神明，愿他不辜负你们的好意。
城民乙	阿门。依小人之见，
	他求俺们同意时是在笑话俺们。
城民丙	就是，他分明是在耍俺们。
城民甲	没有，他说话就这样，他没笑俺们。
城民乙	除了你之外，俺们每个人都说
	他瞧不起俺们。他本该让俺们看看
	他功勋的标记，他为国负伤留的疤。
西西涅斯	哎哟，我相信他肯定给你们看了。
众城民	没有，没有，谁也没瞧见。
城民丙	他说他有许多伤疤，可以在僻静的地方给俺们看。
	他拿着帽子，就这么轻蔑地一挥，
	"我要当执政。"他说，"没你们的同意，

传统习俗就不让我当，

所以我来求你们同意。"等俺们答应了，

他就说："谢谢你们的同意，谢谢你们，

最美妙的同意。既然你们同意了，

我也就用不着你们了。"这还不是讥笑？

西西涅斯   哎哟，你们到底是迟钝得没发觉，

还是明明发觉了，却出于幼稚的好感，

同意选他？

勃鲁托斯   （对众城民）你们难道就不会

按我教的，跟他说他还没当权、

只是城邦的小吏时，

就和你们作对，老是反对

你们的自由

和在国内享有的特权？现在他要登上

治理城邦的高位了，

如果还心怀恶意，继续

当平民的死敌，那你们的同意，

岂不成了对自己的诅咒？你们应该对他说，

凭他的丰功伟绩，确实有资格竞选

想要的职位，愿他仁厚的天性

能念及你们的支持，

把他的敌视变成善意，

永远当你们仁爱的执政。

西西涅斯   （对众城民）如果你们按事先吩咐的说了，

就能触动他的心绪，

弄清他的意向。也许能

争取到他的善意承诺，将来

如有需要，便好让他践约；
也许会激起他的暴戾天性，
因为他受不了任何约束。
你们激怒他以后，
就能以他性情暴躁为由，
反对他当选了。

勃鲁托斯 （对众城民）你们没看出
他连需要你们的好感时，
都敢公然带着轻蔑来求你们？你们就没想到
等他有权欺压你们了，这种蔑视会变成伤害？
怎么，你们就这么没头脑？
还是你们的舌头
不服从理智的判断了？

西西涅斯 （对众城民）你们又不是没拒绝过求你们的人，
现在怎么欣然同意
不是来请求、而是来嘲笑你们的人当选啦？

城民丙 他还没正式任命，俺们还能否决他。

城民乙 俺们会否决他的。
俺能让五百人反对他。

城民甲 俺能让一千人反对他，还能拉上他们的朋友。

勃鲁托斯 你们马上行动，告诉你们那些朋友，
说他们选的执政会剥夺他们的自由，
限制他们的发言权，害他们像狗一样，
会叫才有人养，
真叫了又得挨揍。

西西涅斯 （对众城民）让他们集合，重新慎重考虑，
一起收回愚昧的同意。强调他的骄傲

和他以前怎么憎恶你们。也别忘了

他是怎样轻蔑地披着那条谦卑袍，

在求你们的时候，怎么讥笑你们。可你们宅心仁厚，

一想到他的功劳，

就忽略了眼下他

出于根深蒂固的憎恨

表现出的蛮狠无礼。

勃鲁托斯　（对众城民）就把责任推给我们，推到你们的护民官头上，

就说是我们极力游说，百般怂恿，

非让你们选他不可。

西西涅斯　（对众城民）就说你们是奉我们之命选他的，

不是自己真的想选。

你们是情非得已，

才违心同意他当执政。

把过错推给我们就是。

勃鲁托斯　（对众城民）对，别跟我们客气。就说我们教训你们，

他从多小起就开始为国效力；

效力了多久；他出身如何，

他们马歇斯家是多么高贵；努马[1]的外孙，

继伟大的霍斯蒂利乌斯[2]君临罗马的

那个安库斯·马歇斯[3]，就出自这个世家；

1　努马（Numa）：即努马·庞皮利乌斯（Numa Pompilius），古罗马王政时代的第二代君主。

2　霍斯蒂利乌斯（Hostilius）：即图卢斯·霍斯蒂利乌斯（Tullus Hostilius），古罗马王政时代的第三代君主。

3　安库斯·马歇斯（Ancus Martius）：一般认为他是古罗马王政时代的第四代君主。

为我们开渠引水的普布利乌斯[1]和昆图斯[2]，

也出自他们家族；

两度担任监察官[3]，

为此荣获"琴索里努斯"[4]之名的人

同样是他的伟大先祖。

西西涅斯 因为他是名门之后，

本人又战功彪炳，

应当获得高位，我们才把他

举荐给你们。可你们把他现在的态度

和过去的一比，

发现他还是你们的死对头，所以决定收回

一时疏忽给予的同意。

勃鲁托斯 你们要一再声明，

会同意完全是我们的鼓动所致。

你们把人叫齐，

马上来元老院。

众城民 俺们一定照办。大伙儿都后悔选他啦。　　众城民下

勃鲁托斯 由他们闹去。

冒险发动这场暴乱总比

等待必定发生的重大危机强。

他脾气那么暴躁，如果被他们拒绝就

1　普布利乌斯（Publius）：指科利奥兰纳斯的某个不知名的先祖。

2　昆图斯：此为时代错误，昆图斯·马歇斯·雷克斯（Quintus Martius Rex）是公元前 2 世纪参与建造罗马城引水道的。

3　监察官（censor）：负责监察城民的行政官。

4　琴索里努斯（Censorinus）：另一时代错误，盖乌斯·马歇斯·鲁蒂卢斯（Caius Martius Rutilus）是在公元前 3 世纪获得"琴索里努斯"称号的。

大发雷霆，正好给我们
提供了良机。

西西涅斯　去元老院吧，走。
我们得赶在民众涌来前先到，
免得给人看出他们不是自行其是，
而是受了我们的鼓动。　　　　　　　同下

第三幕

第一场 / 第八景

罗马（一街道——这行人正朝市场去）

号筒声。科利奥兰纳斯、米尼涅斯、众贵族、考密涅斯、泰特斯·拉歇斯及其他元老上

科利奥兰纳斯	塔勒斯·奥菲狄乌斯又起兵了？
拉歇斯	不错，大人，所以 我们得尽快部署。
科利奥兰纳斯	这么说来，伏尔斯人依然没有屈服， 还是时刻等待着再度袭击我们 的机会。
考密涅斯	执政官大人，他们已经穷途末路， 我们这辈子大概是没机会看到 他们重振旗鼓了。
科利奥兰纳斯	（对拉歇斯）你见到奥菲狄乌斯没有？
拉歇斯	他持通行证来见过我，还咒骂 伏尔斯人，认为他们 献城投降卑怯可鄙。他现在回安丁姆[1]了。
科利奥兰纳斯	他提到我了吗？
拉歇斯	提了，大人。
科利奥兰纳斯	他怎么说？说什么了？

1　安丁姆（Antium）：这是位于罗马以南约 35 英里的一座海滨城市，即今天的安齐奥（Anzio）。

拉歇斯	他说他跟您刀来剑往地交锋多次，
	在这世间
	他最恨的就是您。他说宁可
	让财产全数抵押永无赎回之日，
	也要找到打败您的机会。
科利奥兰纳斯	他住在安丁姆？
拉歇斯	对。
科利奥兰纳斯	我希望有机会上那儿去找他，
	当面领教他的仇恨。欢迎回来！

西西涅斯与勃鲁托斯上

	瞧！这两个就是护民官，
	是民众的喉舌。我鄙视他们，
	还穿得人模狗样，
	让贵族忍无可忍。
西西涅斯	别过去。
科利奥兰纳斯	哈！这是怎么回事？
勃鲁托斯	过去就危险了，别过去。
科利奥兰纳斯	怎么会有这种变故？
米尼涅斯	怎么回事？
考密涅斯	他不是得到平民、贵族的一致同意了？
勃鲁托斯	考密涅斯，还没呢。
科利奥兰纳斯	难道刚才答应选我的都是不懂事的孩子？
元老甲	二位护民官，让开。他得去市场。
勃鲁托斯	民众对他大为光火。
西西涅斯	站住，不然大家都会卷入骚动。
科利奥兰纳斯	这就是你们的牧群？
	他们会当场否认才说的话，

	还配有发言权？你们到底是干什么吃的？
	是他们的嘴，怎么不管住他们的牙？
	你们没指使他们吧？
米尼涅斯	冷静点儿，要冷静。
科利奥兰纳斯	这是故意的，后边肯定有阴谋，
	企图操控贵族的意志。
	我们要是姑息这种行为，就只能
	和那些既无力统治、又不愿听命于人的家伙为伍了。
勃鲁托斯	别说这是阴谋。
	民众高喊说您挖苦他们，说您不久前
	反对放粮，还辱骂
	为民请命的人，说他们是
	随波逐流、媚世取宠的小人。
科利奥兰纳斯	唉，这些事大家早就知道了。
勃鲁托斯	也有人不知道。
科利奥兰纳斯	是你告诉他们的吧？
勃鲁托斯	什么？是我告诉他们的？
科利奥兰纳斯	你就很可能干出这种事。
勃鲁托斯	像您干的那种事，我想我能干得更好。
科利奥兰纳斯	那我还当什么执政？凭那朵云彩发誓，
	那就让我跟你们一样碌碌无为，
	和你们一起当护民官！
西西涅斯	您把自己的不满表现得太露骨，
	民众才会起骚动。您迷了路，
	想到目的地，
	就得和气些向人问路，
	不然莫说永远当不上尊贵的执政，

就是和他并肩当护民官也没门儿。

米尼涅斯　　　大家都冷静点儿。

考密涅斯　　　民众肯定是被人利用，受人指使了。罗马不该发生
　　　　　　　这种纷争。科利奥兰纳斯
　　　　　　　因功受禄，不该在坦途上
　　　　　　　遇到这种用可耻手段安放的拦路石。

科利奥兰纳斯　还敢跟我提粮食的事！
　　　　　　　我当时说过的话现在还可以重复一遍——

米尼涅斯　　　现在别说，现在别说。

元老甲　　　　大家都动了肝火，还是不说为好。

科利奥兰纳斯　得了吧，只要我一息尚存，就非说不可。
　　　　　　　高贵的朋友们，请你们原谅。
　　　　　　　这种反复无常、臭不可闻的民众，
　　　　　　　我不愿恭维他们，
　　　　　　　让他们从我的评价里看清自己的面目吧。我再说一遍，
　　　　　　　因为我们纡尊降贵，放下身段与他们为伍，亲手栽下了
　　　　　　　谋逆、狂妄和骚乱的根苗，
　　　　　　　再对他们姑息放纵，这种莠草就会枝蔓横生，
　　　　　　　侵害我们元老院的尊严。
　　　　　　　我们这些贵族不缺勇气，更不是没力量，
　　　　　　　但我们把勇力全送给乞丐了。

米尼涅斯　　　好了，别说了。

元老甲　　　　请您打住。

科利奥兰纳斯　什么？打住？
　　　　　　　我曾经为国流血，
　　　　　　　对外敌无所畏惧，现在更不惜喊破喉咙，
　　　　　　　提醒你们小心自己

厌恶，畏惧，唯恐染上、
却又竭力沾染的麻疹 [1]。

勃鲁托斯 您提到民众的时候，活像天神在

惩戒罪人，忘了您也是凡人，和他们有同样的缺陷。

西西涅斯 我们该让民众知道这一点。

米尼涅斯 什么，什么？他一时的气话？

科利奥兰纳斯 一时的气话？就算我像午夜的睡眠那么平静，

凭乔武起誓，我这种想法也不会改变！

西西涅斯 您应当留着它毒害自己，

别让它殃及旁人。

科利奥兰纳斯 应当留着！

你们听到这个侏儒里的高个儿 [2] 说什么了吧？你们注意到
他那专横的"应当"了吧？

考密涅斯 好像他的话就是神律。

科利奥兰纳斯 "应当"！噢，善良而糊涂的贵族！

你们这些庄重而鲁莽的元老啊，你们怎么会
允许这多头怪兽 [3] 自选官吏？
这位就是怪物的犄角和喉舌，
他会凭着专横的"应当"，肆意宣布
要将你们的水泉引到沟渠，
把你们的河道据为己有。让他掌权，
就说明了你们的愚蠢。如果你们还不傻，趁早

---

1 麻疹（measles）：皮肤起红色丘疹的急性传染病；此处也可能指"麻风病人"（lepers）。

2 侏儒里的高个儿（Triton of the minnows）：Triton（特里同）为希腊神话中的低级海神，
minnows 指小鱼，意即民众。

3 多头怪兽（Hydra）：指希腊神话中的多头怪兽许德拉，它的头每被砍掉一个就会在原处又长
出两个来。

意识到纵容的危险吧！如果你们博学多识，
就别像一般的蠢人那样行事；如果你们愚蠢，
那就和他们平起平坐。等他们当上元老，
你们就成平民了。一旦他们的声音和你们的混合，
他们人多势众，
就会彻底盖过你们的声音。让他们自选官长，
就会选出他这种家伙，凭着
迎合民心的"应当"，和
最尊贵的元老对抗。凭乔武本尊起誓，
执政都会因此颜面扫地。
两种势均力敌的权力
崛起时，混乱就会乘虚而入，
我一想到这种危机，
就痛苦不堪。

考密涅斯　　好了，去市场吧。

科利奥兰纳斯　无论是谁的主意，
想让执政开仓放粮，
像以前的希腊人那么做——

米尼涅斯　　算啦，算啦，别重提旧话了。

科利奥兰纳斯　虽然希腊民众权力更大，
可我要说，他们的做法助长了反叛的风气，
让城邦土崩瓦解。

勃鲁托斯　　嘿，民众为什么要答应
说这种话的家伙当执政？

科利奥兰纳斯　我说得出
比他们的同意更可贵的理由。他们知道这些粮食
会白送，就心安理得地等着，

从来不为它出一分力。城邦有难
要他们出征，
他们也懒得出城门。这种表现
不配得到免费粮。他们一上战场，
在暴动和叛乱时表现的莫大勇气
就无影无踪了，还常常拿
莫须有的罪名来责难元老院。
难道我们要为此
慷慨地施舍他们粮食？好，给他们又会怎样？
这帮愚民就会感激
元老院的好意？他们以前的做法就表明了
他们的心迹："我们一提要求，
他们怕我们人多势众，
就答应了。"这样我们就贬低了
自己的地位，让那些乌合之众
把我们的关怀当恐惧，总有一天会
砸开元老院的锁，
放进一群乌鸦来啄鹰隼。

米尼涅斯　　够了，够了。

勃鲁托斯　　实在是说过了头。

科利奥兰纳斯　不，听我说下去。
愿天上人间，一切能用来发誓的东西，
都为我的结论作证！元老贵族与平民这两派势力中，
前一派确实有理由轻视后一派，后一派却
无端侮辱前一派！有身份、有名位的智者
作任何决定居然都要先得到
愚民的首肯——必须尽快处理的国家大事

只能撇到一边，先处理
无关紧要的小事，正当的想法无法践行，必定会导致
胡来蛮干。所以，我请求你们——
要是你们的胆量超过你们的审慎，
对城邦根基的爱惜
甚于对剧烈变革的恐惧，喜欢荣光
甚于长寿，愿意
尝试危险的药物来救治
别无生望的病体——尽快拔掉
民众的舌头，别让他们舔舐
毒害他们的蜜糖。你们蒙受的耻辱
使你们无法明辨是非，损害了城邦
应有的统一，
由于受恶势力挟持，
缺乏推行善政的权力。

勃鲁托斯　他说得够多了。

西西涅斯　他说起话来像个叛徒，必须接受
叛徒应得的处分。

科利奥兰纳斯　你这卑鄙小人！该被众人唾弃！
民众要这些秃头护民官干什么？
就因为信任他们，民众才会反抗
地位更高的人。叛乱爆发的时候，
一切悖理的事都能贸然成为法律，
他们才当了选；可在太平时世，
一切都该按正理办，
是时候剥夺他们的权力了。

勃鲁托斯　公然谋逆！

西西涅斯	这样还想当执政？没门儿。
勃鲁托斯	喂！警吏呢？

一警吏上

逮捕他。

西西涅斯	去，叫民众来。—— 警吏下

（对科利奥兰纳斯）我以他们的名义，

亲自逮捕你这妄想篡权的叛徒、

公众福利的敌人。我命你束手就擒，

跟我去听候发落。

科利奥兰纳斯	滚开，老恶棍！
众贵族	我们愿意保他。
考密涅斯	（对西西涅斯）老先生，放手。
科利奥兰纳斯	（对西西涅斯）滚开，你这老朽！不然我就把你的骨头

都从袍子里摇出来。

西西涅斯	城民们，救命啊！

若干警吏率一伙城民上

米尼涅斯	大家彼此放尊重点儿。
西西涅斯	这人想把你们的权力剥夺殆尽。
勃鲁托斯	逮捕他，警吏们！
众城民	打倒他！打倒他！
元老乙	拿武器！拿武器！拿武器！

他们围着科利奥兰纳斯乱作一团

护民官们！贵族们！城民们！喂！

西西涅斯！勃鲁托斯！科利奥兰纳斯！城民们！

众人	别打了！别打了！别打了！慢着！住手！别打了！
米尼涅斯	这会闹成什么样儿？我都喘不过气了。

快出大乱子了。我说不出话来。您二位

民众的官长，科利奥兰纳斯，都沉住气！

说句话吧，好西西涅斯。

西西涅斯	听我说，城民们，静一静！
众城民	听听俺们的护民官要说啥。静一静！说啊，说啊，说啊！
西西涅斯	你们就要失去自由了，
	马歇斯要夺走你们的一切。就是你们
	刚才选他当执政的那个马歇斯。
米尼涅斯	哎哟喂！这是火上浇油，不是灭火。
元老甲	他是想把我们城邦夷为平地呀。
西西涅斯	没有人民，哪有城邦？
众城民	没错，人民就是城邦。
勃鲁托斯	我们得到民众的一致同意，出任他们的官长。
众城民	你们还是俺们的长官。
米尼涅斯	他们也喜欢那一官半职的。
科利奥兰纳斯[1]	这样会把城邦拆毁，
	让屋宇尽数倾塌，
	把眼下井井有条的市面
	全埋进瓦砾堆。
西西涅斯	犯这种罪该判死刑。
勃鲁托斯	要么让我们履行职责，
	要么就免去我们的职务。我们在此
	以民选官长的身份
	正式宣布，应当
	立即处死马歇斯。

---

1 据 1623 年第一对开本，此处的说话人为考密涅斯，皇家版编者认为应是科利奥兰纳斯。——
译者附注

西西涅斯	逮捕他，
	把他押到塔尔佩娅崖[1]，从那儿
	推下山谷摔死。
勃鲁托斯	警吏们，逮捕他！
众城民	投降吧，马歇斯，投降！
米尼涅斯	听我说，两位护民官，
	请听我说句话。
警吏	静一静，静一静！
米尼涅斯	请你们表里如一，真的当祖国的友人。
	凡事都好商量，
	何必这么冲动？
勃鲁托斯	先生，那些谨慎之方
	看来审慎有效，其实
	对急症有害。抓住他，
	把他押到崖上去。

科利奥兰纳斯拔剑

科利奥兰纳斯	不，我宁可死在这里。
	你们中有人看过我怎么跟敌人作战，
	来吧，自己来尝尝我的厉害。
米尼涅斯	放下剑！两位护民官，你们先退下。
勃鲁托斯	抓住他！
考密涅斯[2]	帮帮马歇斯，帮帮他，你们这些贵族。帮帮他，无论老少！

---

1 塔尔佩娅崖（th'rock Tarpeian）：指卡皮托利诺山（Capitoline Hill）上的悬崖，为古罗马共和国行刑场，罪犯会被从山崖上推下摔死。

2 据 1623 年第一对开本，此处的说话人为米尼涅斯，皇家版编者认为应是考密涅斯。——译者附注。

众城民	打倒他！打倒他！	众人下

骚乱中护民官、警吏与民众均被击退 [1]

米尼涅斯　　　走，你回家去。走吧，快走！

　　　　　　　不然大家都活不成。

元老乙　　　您快走。

科利奥兰纳斯　别让步，我们的朋友和敌人一样多。

米尼涅斯　　　难不成非得和他们干一仗？

元老甲　　　天神保佑别出这种事！

　　　　　　　尊贵的朋友，请您回家去，

　　　　　　　我们来设法挽回局面。

米尼涅斯　　　这是我们身上的痛疮，

　　　　　　　你自己医不了。请你快走。

考密涅斯　　　来吧，先生，跟我们走。

科利奥兰纳斯　我真希望他们是野蛮人，他们真的和野蛮人没区别，

　　　　　　　虽说生在罗马。真希望他们不是罗马人，他们不配，虽说

　　　　　　　是给下在朱庇特神庙的门廊里。

米尼涅斯　　　走吧，

　　　　　　　别把义愤说出来。

　　　　　　　情形总会好转的。

科利奥兰纳斯　要是光明正大地交手，我一个就能打败他们四十个。

米尼涅斯　　　我自己也能对付他们那对头儿，那两个护民官。

考密涅斯　　　可现在寡不敌众，

　　　　　　　墙快塌了还不避，

　　　　　　　这种胆色是愚蠢。你还是趁

　　　　　　　那些乱民没来快走。他们的愤怒

1　被击退（*beat in*）：意指被打至后台。

	就像拦住的水，要把平时
	负载的一切全淹没。
米尼涅斯	（对科利奥兰纳斯）请你快走。
	我来试试我这老朽的智慧
	对那些没头脑的管不管用。
	总得想法子摆平这事。
考密涅斯	走吧，走。　　　　　科利奥兰纳斯与考密涅斯下
一贵族	这人断送了自己的前程。
米尼涅斯	他的天性太高贵，这个世界容不下他。
	他不肯恭维涅普顿[1]来获取他的三叉戟，
	也不肯逢迎乔武，换取施放雷霆的神威。
	他心口如一，直言不讳，
	一发起怒来，就忘了
	世上还有"死"字。（幕内喧闹声）
	闹得真凶啊！
一贵族	我希望他们都上床睡觉！
米尼涅斯	我希望他们都跳进台伯河[2]！吵得够呛！
	他就不能对他们说句软话？

勃鲁托斯与西西涅斯率乱民重上

西西涅斯	那条想
	吃光城民、
	独自称霸的毒蛇呢？
米尼涅斯	尊贵的护民官们——
西西涅斯	我们必须用无情的铁手

1　涅普顿（Neptune）：罗马神话中的海神，他一向手执三叉戟。

2　台伯河（Tiber）：流经罗马的著名河流。

把他推下塔尔佩娅崖。他违抗法律，
法律也不屑再对他作什么审判。
既然他藐视群众，
就让他见识一下群众的力量。

城民甲　　　他必须明白，尊贵的护民官
　　　　　　是百姓的喉舌，百姓就是他们的臂膀。

众城民　　　他应当明白，他非明白不可。

米尼涅斯　　各位，各位——

西西涅斯　　安静！

米尼涅斯　　可以好好商量的时候，
　　　　　　何必这样大吵大闹？

西西涅斯　　先生，您怎么
　　　　　　帮他逃走了？

米尼涅斯　　听我说，我的确知道
　　　　　　这位执政的优点，也说得出他的缺点。

西西涅斯　　执政！哪个执政？

米尼涅斯　　科利奥兰纳斯执政。

勃鲁托斯　　就凭他？还执政！

众城民　　　没门儿，没门儿，没门儿，没门儿，没门儿。

米尼涅斯　　要是两位护民官和善良的民众允许，
　　　　　　请让我说几句，
　　　　　　这对你们没害处，
　　　　　　至多是费点时间。

西西涅斯　　那就长话短说。
　　　　　　我们已经决定除掉
　　　　　　这个恶棍了。把他驱逐出境
　　　　　　可能会留下后患，可留他在国内，

我们都必死无疑，所以定在
今晚处死他。

米尼涅斯　　　愿仁慈的天神别让
著名的罗马像灭绝天性的母兽，
吞食自己的骨肉。
她对有功儿女的感念可是记在
乔武自己的典册上的！

西西涅斯　　　他是必须切除的疮疖。

米尼涅斯　　　噢！他是长了疮疖的肢体，
切除会致命，治好却很容易。
他对罗马做了什么非死不可？
为了消灭我们的敌人，他流的血——
我敢担保，比他
身上现有的血多得多——他为祖国流了血，
而祖国却让他流尽剩下的血，
这对谋杀者和默许者来说
都是永不磨灭的耻辱的印记。

西西涅斯　　　一派胡言。

勃鲁托斯　　　尽是歪理。
他还爱国的时候，国家也尊重他。

米尼涅斯　　　有用的腿
一旦长了坏疽，从前的奔波之劳
就被忽略了。

勃鲁托斯　　　您的话我们听够了。
追到他家，把他拖出来。
免得他像烈性传染病，
贻害无穷。

米尼涅斯	再听我说句话，就一句。
	你们现在的怒气就好比猛虎出柙，
	等你们自悔冒失，
	再往虎脚上系铅块就迟了。还是照章办事好；
	他也深得人心，如果引发内讧，
	伟大的罗马就会毁在自己人手上。
勃鲁托斯	要是会这样——
西西涅斯	（对米尼涅斯）您说的是什么话？
	我们难道还没领教他的顺服吗？
	我们的警吏不是被他痛打，
	我们自己不是遭他反抗啦？走！
米尼涅斯	想想看，他从会拔剑起，
	就生活在阵地上，没学过什么
	斯文的谈吐。他一开口，
	就不分好坏全抖搂出来。请给我个机会，
	我会去他家，负责把他带来
	平心静气地接受
	法律的处罚，不论处罚有多严厉。
元老甲	尊贵的护民官，
	这才是人道的办法。你们原来的方式
	未免太苛酷，不知
	会有什么后果。
西西涅斯	尊贵的米尼涅斯，
	那就有劳您代表人民去传他来。
	诸位，放下武器。
勃鲁托斯	别回去。
西西涅斯	去市场集合。我们在那边等您。

	要是您不能带马歇斯来，我们就
	按原来的法子办。
米尼涅斯	我会带他来见你们的。
	（对众元老）请你们陪我走一趟。他非来不可，
	不然事情就不可收拾了。
元老甲	请您和我们一起去找他。　　　　　众人下

第二场　　/　　第九景

罗马（科利奥兰纳斯家）

科利奥兰纳斯率众贵族上

科利奥兰纳斯	让他们都来对付我好了，
	用轮刑肢解我，用野马踏死我，
	要么堆十座大山在泰尔佩娅崖上，
	让我坠下
	深不见底的山谷，我也不会改变
	对他们的态度。

伏伦妮娅上

一贵族	您的高贵尽在于此。
科利奥兰纳斯	奇怪的是，我母亲
	也不太赞同我的做法。她一向
	管他们叫穿毛毡的奴才，说他们生来
	是做小生意的料，在集会时

脱帽露顶，一听我这种地位的人谈论
和战问题，就只会打呵欠、
发呆、惊诧不已。——（对伏伦妮娅）我正好说到您。
您为什么希望我和气些？难道要我
违背天性？您该说，我现在的做法
才符合我的本色。

伏伦妮娅	噢！儿啊，儿啊，儿啊， 我不想你在扎稳根基前 就让它毁于一旦。
科利奥兰纳斯	算啦。
伏伦妮娅	你就是不这么锋芒毕露， 也不失为豪杰之士。你要是 在他们无力阻挠你时， 对他们没那么意气用事， 今天遇到的阻力就会少些。
科利奥兰纳斯	绞死他们！
伏伦妮娅	对，还用火烧呢。

米尼涅斯率众元老上

米尼涅斯	好啦，好啦，你太粗暴了，是有点太粗暴了。 你得回去挽回局面。
元老甲	别无他路。 您不这么做，我们的大好城邦 就会分崩离析。
伏伦妮娅	（对科利奥兰纳斯）请你听从劝告。 我的心和你的一样刚强， 但我的头脑教我把怒气发泄在 更合适的地方。

米尼涅斯	说得好，尊贵的夫人！
	要不是形势危急，为了
	顾全大局才让他向民众低头，
	我也想披上快穿不动的铠甲，
	和他们一决雌雄。
科利奥兰纳斯	我该怎么办？
米尼涅斯	回去见那两个护民官。
科利奥兰纳斯	嗯，然后呢？然后呢？
米尼涅斯	为失言道歉。
科利奥兰纳斯	向他们道歉？对神明我都不道歉，
	倒要向他们道歉？
伏伦妮娅	你太固执了，
	人的意志当然是越坚定越好，
	可危急时刻也该通权达变。我曾听你说，
	荣誉和谋略在战争中像密友那样
	形影不离，如果这是真的，那你说
	它们在和平时期怎么就不能交相为用，
	非得势不两立？
科利奥兰纳斯	啐！啐！
米尼涅斯	问得好。
伏伦妮娅	如果在战争期间
	不以真实面目示人，而是采用谋略
	来达到目的，没什么不光彩，
	那么在同样需要谋略的
	和平时期，它怎么就不能
	与荣誉并行不悖？
科利奥兰纳斯	为什么您要强调这些？

伏伦妮娅 因为你得去对人民讲话。
不是照自己的想法说，也不是
按你的良心说，而是去说些
你心里不认同、
只是挂在嘴边的话。
对你来说这就像
温言招抚一个城池，免得
以身涉险，也不用流那么多血，根本不会损害荣誉。
要是我的利益和亲友有难，
需要我用欺诈来保全，
我也会违背天性去做，
这并不可耻。我是替
你妻子、儿子和这些元老、贵族给你这番忠告的，
你却宁可对那些愚民
横眉怒目，不肯稍假辞色
博取他们的欢心和爱戴，保护
没有这些就可能毁灭的一切。

米尼涅斯 尊贵的夫人！——
（对科利奥兰纳斯）走吧，你和我们一起去，说点好话。
或许不光能解除当前的危机，还能挽回
过去的损失。

伏伦妮娅 我的孩子，请你这就去
见他们。拿上这顶帽子，
这么伸着手——对他们百依百顺——
单膝跪地。这种事上
姿态胜于雄辩，愚民的眼睛
总是比耳朵更容易感动——对他们点头致意，

把你那颗坚强的心
变得像熟透的桑葚，
软得不堪一触。你可以对他们说，
你是他们的战士，因为长于
兵戈扰攘之中，不懂怎么用应有的礼节
来博取他们的好感。
不过等往后有了权位，
你一定会改过自新、发奋努力，
为他们鞠躬尽瘁。

米尼涅斯　这么一来，
嘿，他们的心就向着你了。
他们的原谅是有求必应的，原谅人
就跟说废话那么容易。

伏伦妮娅　请你接受劝告，
去吧，听话。我知道你宁肯
在火坑里追击敌人，
也不愿在凉亭中对他献媚。

考密涅斯上

考密涅斯来了。

考密涅斯　我刚从市场来。先生，
你要么就备好强援，要么
就得用温和的态度，或是逃离此地来自保，
民众都被激怒了。

米尼涅斯　只有说好话才管用。

考密涅斯　要是他能耐住性子这么做，我想也是个办法。

伏伦妮娅　他必须这样做，也会这么做的。
请你说愿意，这就去吧。

科利奥兰纳斯	我必须对他们露出一头乱发？ 用卑贱的舌头把谎言加在 高贵的心上？好，我愿意这么做。 可要是这个策略失败， 他们就会把马歇斯整个人挫骨 扬灰。去市场！ 你们是在逼我做 让我终身蒙羞的事呀。
考密涅斯	走吧，走吧，我们给你提词。
伏伦妮娅	好儿子，你说过， 当初是我的夸奖让你成了军人， 请再为了我的夸奖，去做一件 没做过的事。
科利奥兰纳斯	好，既然非去不可。 滚开，我的本性，让娼妓的灵魂 占据我的身体！让我这与战鼓 谐鸣的巨嗓变得像阉人的 那么尖细，像给婴儿催眠的 少女娇音那么轻柔！让我脸上挂起 奴才的巧笑，让学童的眼泪 充溢我的双眼！让乞丐的利舌 在我唇间鼓动，让我那上下马时 才弯曲的戴护甲的双膝， 像收受布施的人那样弯曲！我不干。 不然我会失去自尊， 身体的动作会让思想染上 无法摆脱的卑贱。

伏伦妮娅	那就随你的便。
	我求你比你求他们
	更可耻。就让一切归于毁灭吧。宁可让
	你母亲感受你的骄傲,别让她
	为你这种极端危险的倔强担忧,因为我这颗讥笑死亡的心
	和你的一样高傲。你爱怎么办就怎么办。
	你的勇气是从我身上吮去的,
	你的骄傲可是你自己的。
科利奥兰纳斯	请放心,
	母亲,我这就去市场,
	别数落我了。我会骗取他们的爱戴,
	赢得他们的欢心,得到罗马各界人士的喜爱
	再回来。瞧,我走了。
	代我问候我妻子。我一定会以执政的身份回来,
	不然你们就别相信
	我的舌头也有奉承人的本事。
伏伦妮娅	照你的意思办吧。 　　　　　　　　　　　　　　　　下
考密涅斯	走吧!护民官在等着。得想好温和的话语
	来应对他们。我听说他们要给你
	罗织的罪名
	比现在加在你身上的还严重。
科利奥兰纳斯	关键是要"温和"。我们一起走吧。
	随他们捏造什么罪状来指控我,我
	都会按我的身份来应对。
米尼涅斯	没错,可是得温和些。
科利奥兰纳斯	好,那就温和些。温和些! 　　　　　　　　　　　众人下

第三场　/　第十景

罗马（市场）

西西涅斯与勃鲁托斯上

勃鲁托斯　　我们就说他妄想独裁专政，拿这个
当他的首要罪名。要是他在这点上能为自己开脱，
我们就强调他仇视人民，
说他从来不把从安丁姆人那儿缴获的战利品
分给大家。

一警吏上

怎么样，他来不来？

警吏　　他就来。

勃鲁托斯　　谁陪他来？

警吏　　老米尼涅斯和那些
一向偏袒他的元老。

西西涅斯　　你把
我们赢得的
票数一一记录在册了吧？

警吏　　记了，都准备好了。

西西涅斯　　你按部族收集选票了吗？

警吏　　收了。

西西涅斯　　快让民众到这儿来集合。
等他们听我说，"按民众的权利和力量，
应当怎样"的时候，不管是
死刑、罚款还是放逐，

我说"罚款",他们就喊"罚款",

说"死刑",他们就喊"死刑",

要坚持古老的特权

和这个正当的要求。

警吏　　　　我会通知他们的。

勃鲁托斯　　叫他们开始喊了

就别停下,要乱糟糟地高声喊叫,

要求立即执行

我们下的判决。

警吏　　　　没问题。

西西涅斯　　叫他们留意我们的暗示,

及时作出激烈的反应。

勃鲁托斯　　去安排吧。　　　　　　　　　　　　　警吏下

要一下就引燃他的怒火。他惯于

征服别人,爱闹别扭,

一受忤逆,

就会失去自制力,心里怎么想

就会怎么说。我们正好抓住这个弱点

置他于死地。

科利奥兰纳斯、米尼涅斯与考密涅斯率众元老、贵族上

西西涅斯　　嗯,他来了。

米尼涅斯　　(对科利奥兰纳斯)请务必和气点。

科利奥兰纳斯　好,就跟马夫似的,为了几个赏钱,

任人恶语相加。愿尊荣的天神

护佑罗马的安全,让贤明君子

为我们司法,在我们中间撒播爱的种子,

让我们的巍巍神庙呈现一派和平气象,

	别让战乱侵扰我们的街道！
元老甲	阿门，阿门。
米尼涅斯	这是个高尚的宏愿！

警吏率众城民上

西西涅斯	大伙儿，过来吧。
警吏	听你们的护民官说话。肃静！喂！别作声！
科利奥兰纳斯	先让我说几句。
西西涅斯与勃鲁托斯	好，说吧。——喂，别作声！
科利奥兰纳斯	我是不是不用在别处受审了？
	一切都必须在这里决定？
西西涅斯	我问你，
	你肯不肯服从人民的公意，
	承认其官吏的职权，
	若是罪名成立，就甘心
	接受法律的制裁？
科利奥兰纳斯	我愿意。
米尼涅斯	听啊！城民们，他说他愿意。
	想想他立了多少战功吧，
	想想他身上
	多如墓地坟茔的伤痕吧。
科利奥兰纳斯	那只是荆棘划的伤，只能博人一笑。
米尼涅斯	再想想看，
	他的话不合城民的身份，
	可完全是军人的谈吐，别把
	他的粗暴口吻当成恶声恶气，
	那是他的军人本色所致，
	不是因为敌视你们。

考密涅斯	好了，好了，别说了。
科利奥兰纳斯	你们刚全票通过同意我当执政，
	又立刻撤销原议，
	让我蒙受奇耻大辱，
	这究竟是怎么回事？
西西涅斯	回答我们的问话。
科利奥兰纳斯	噢，好。我是该回答你们。
西西涅斯	我们指控你阴谋推翻
	罗马历史悠久的政治制度，
	攫取专政独裁的地位，
	因而是人民的叛徒。
科利奥兰纳斯	什么？叛徒？
米尼涅斯	不，和气些，你答应过的。
科利奥兰纳斯	让地狱最底层的烈焰吞掉这些民众！
	竟敢说我是他们的叛徒！你这中伤他人的护民官！
	眼里藏着两万种死亡，
	手里攥着几百亿条杀人的毒计，
	你那说谎的舌头上带有的死亡更是不计其数，我要对你说，
	"你撒谎"就像对神明祈祷那么
	直截了当。
西西涅斯	城民们，你们听见了吧？
众城民	带到崖上去，把他带到崖上去！
西西涅斯	静一静！
	我们不用再给他什么新罪名了。
	你们都亲眼看到、亲耳听见了，
	他殴打你们的官吏，辱骂你们各位，
	暴力抗法，现在还藐视

论权力足以审判他的人。

这种行为罪不可恕，

应当处以极刑。

勃鲁托斯 可他既然为罗马立过功——

科利奥兰纳斯 你还提什么功劳？

勃鲁托斯 我会提是因为我知道。

科利奥兰纳斯 你！

米尼涅斯 您就是这样答应令堂的？

考密涅斯 要知道，请——

科利奥兰纳斯 我不想再知道什么了。

就让他们宣布把我从高峻的塔尔佩娅崖投下摔死，

对我施以放逐、鞭笞之刑，或是把我关起来

每天只给一粒谷子吃，我也不会说一句好话

来换他们的慈悲，

更不会低声下气向他们告饶，

连对他们说声"早安"我都不干。

西西涅斯 他在思想上、

行动上，都不时

与民为敌，千方百计地

剥夺他们的权力，现在他

竟敢在庄严的法律面前，

在执法的官吏面前，

出手打人。我们以人民的名义，

凭我们护民官的职权，

宣布即刻将他驱逐出境，

永远禁止他踏进罗马半步，

如有违背，就投下塔尔佩娅崖处死。

我以人民的名义宣布，
这判决应当执行。

众城民 这判决应当执行！这判决应当执行！把他赶出去！
驱逐他！这判决应当执行！

考密涅斯 听我说，诸位，我的民众朋友们——

西西涅斯 他已经被判过刑了，毋庸多言。

考密涅斯 让我说句话。
我当过执政，能向罗马人
展示她的敌人在我身上留下的伤痕。
我对城邦利益的珍视，
比对自己的生命
和对妻儿的爱更温柔、
更神圣、更真切，
要是我说——

西西涅斯 我们懂你的意思，还想说什么？

勃鲁托斯 没什么可说的了，他都给当作
祖国和人民的敌人放逐了，
这判决应当执行。

众城民 这判决应当执行，这判决应当执行。

科利奥兰纳斯 你们这群狂吠的贱狗！我痛恨你们的气息，
就像痛恨烂沼的臭气。你们的好感对我来说
就是没下葬的尸骸，
腐烂了污染我的空气。我驱逐你们。
你们和自己飘摇不定的心性待在这里，
被每句靠不住的谣言吓得魂飞魄散吧！
你们的敌人只需一抖帽盔上的羽毛，
就能把你们扇进绝望的深渊！永远留着

驱逐自己保卫者的权力吧，
你们的愚昧无知——这种无知你们没吃苦头
还觉察不到——你们就留着吧，
直到敌人害你们沦为
某个敌国最低贱的俘虏，
人家兵不血刃就能打败你们！就因为你们，我蔑视
这个城市。我就这样转身离开，
别处还有一个世界。

科利奥兰纳斯、考密涅斯、米尼涅斯及众元老、贵族下。众城民齐声欢呼并向
空中掷帽

警吏　　　　人民公敌走了，走掉了！

众城民　　　我们放逐了敌人！他走了！噢！噢！

西西涅斯　　去，把他赶出城门，像他
　　　　　　　从前驱赶你们那样驱赶他，好好发泄你们的怨恨，
　　　　　　　他也是活该。派个卫兵
　　　　　　　来护送我们穿过城市。

众城民　　　走，走。我们去把他赶出城门！走！
　　　　　　　愿神明保佑我们尊贵的护民官！走！

　　　　　　　　　　　　　　　　　　　　　　　　　　众人下

第四幕

罗马（近城门处）

科利奥兰纳斯、伏伦妮娅、维吉利娅、米尼涅斯与考密涅斯率罗马众年轻贵族上

科利奥兰纳斯　　好了，别哭了，就此道别吧。那多头畜生

把我顶走了。别这样，母亲，

您以前的勇气哪去了？您不是常说，

磨难能考验人的品质，

寻常变故普通人也能忍受，非常境遇才显非凡气度。

海上风浪不兴时，所有船只

都能平稳行驶。当被命运

击中要害时，唯睿智之人

方能泰然处之。您常常用

这些能熔铸不屈意志的格言

来教育我。

维吉利娅　　　噢，天哪！噢，天哪！

科利奥兰纳斯　请别这样，夫人——

伏伦妮娅　　　愿罗马各行各业的人都染上赤疫，

叫百工商贾同归于尽！

科利奥兰纳斯　哎呀呀！

等我走了，他们就会想起我的好来。别这样，母亲，

您过去不是常说，

如果您是赫剌克勒斯 [1] 的妻子，

一定会替他完成六项伟绩，

为他减轻一半辛劳吗？请您保持这种精神。考密涅斯，

别沮丧。再会！再会，我的妻子！母亲！

我会好好的。您，真诚的老米尼涅斯，

您的眼泪比年轻人的咸，

会把眼睛弄坏的。昔日的大帅，

我见过您严厉时的样子，您也时常见到

叫人心肠变硬的景象，请您告诉这两个哀伤的妇人，

为无法避免的打击悲恸，

就和为它欢笑一样傻。我的母亲，您很了解

我的冒险一向是您的安慰，

请务必坚信，尽管我像孤独的龙一样

只身离去，它藏身的沼泽

会比它真的露面，更能引起恐惧和议论。您儿子

要是没误中奸计，

定能出人头地。

伏伦妮娅　　　我的头生子，

你要上哪儿去呢？让忠厚的考密涅斯

陪你一阵吧。定个妥当可行的路线，

别贸然行动，

免得中途遇险。

科利奥兰纳斯　　噢，天神哪！

考密涅斯　　我会陪你一个月，帮你

选个栖身之所，也好

1　赫剌克勒斯（Hercules）：希腊传说中的英雄，完成了十二项看似不可能完成的伟绩。

互通音讯。要是有机会
撤销驱逐你的决定，我们也不必派人
在茫茫世间到处找你，
因为当事人不知所踪
而坐失良机。

科利奥兰纳斯　再会。
您年事已高，又饱尝
戎马生涯的艰辛，不该
再随身强力壮的人四处漂泊了。陪我出城门就好。
来，我可爱的妻子，我最亲爱的母亲，
我最仗义的朋友们，我出城门时，
请你们微笑着和我道别。请你们来吧。
只要我尚在人世，你们一定会
听到我的消息，知道我的为人
依然如故。

米尼涅斯　那正是
每个人都希望听到的。好啦，我们不哭。
要是我能从这老胳膊老腿上
抖去七年光阴，凭仁慈的天神发誓，
我一定寸步不离跟你走。

科利奥兰纳斯　把您的手给我，走。　　　　　　　　　　众人下

第二场 / 第十二景

罗马（一街道）

二护民官西西涅斯与勃鲁托斯率警吏上

西西涅斯　　叫他们回去吧，既然他都走了，我们也别追究了。

　　　　　　　贵族们很不高兴，看得出

　　　　　　　他们全向着他。

勃鲁托斯　　我们显示了自己的力量，

　　　　　　　事后不妨显得比行动时

　　　　　　　谦卑些。

西西涅斯　　叫他们回家，告诉他们大敌已除，

　　　　　　　他们也恢复了昔日的力量。

勃鲁托斯　　去打发他们回家。　　　　　　　　　　　　　　警吏下

伏伦妮娅、维吉利娅与米尼涅斯上

　　　　　　　他母亲来了。

西西涅斯　　我们避开她吧。

勃鲁托斯　　避什么避？

西西涅斯　　听说她疯了。

勃鲁托斯　　她们看到我们了。直接走过去算了。

伏伦妮娅　　噢！真是幸会。

　　　　　　　愿神明把蓄存的灾祸全降在你们身上，奖励你们干的好事！

米尼涅斯　　小声点，小声点！别这么嚷嚷。

伏伦妮娅　　我要不是泣不成声，一定让你们听听——

　　　　　　　不，你们非听不可。你们还想逃？

维吉利娅　　（对二护民官）别走。真希望我能

对我丈夫说这句话。

西西涅斯 （对伏伦妮娅）你们是男人吗？

伏伦妮娅 是人，傻瓜。这有什么丢脸的？听这傻瓜说的，

我父亲不是男人吗？你还真有狐狸那么狡诈，

驱逐了这样一个人，他为罗马立的功

比你说的话还多！

西西涅斯 噢，老天！

伏伦妮娅 他为保卫罗马给敌人的打击

比你说的聪明话还多。我告诉你——你还是走吧。

不，你给我站住。但愿我儿子

在阿拉伯[1]，你和你那些族人[2]全跪在他面前，

他手持利剑。

西西涅斯 那又怎样？

维吉利娅 那又怎样！那他就能让你断子绝孙。

伏伦妮娅 全是杂种！

好人儿，他为罗马受过多少伤啊！

米尼涅斯 好了，好了，别说了。

西西涅斯 我觉得他要是不改初衷

继续为国效力，没亲手拆毁

自己和城邦的纽带就好了。

勃鲁托斯 我也有同感。

伏伦妮娅 "我也有同感"！都是你们两个恶人

唆使那帮乌合之众。他们不懂他的价值，

就像我无法了解

---

1 阿拉伯（Arabia）：意指沙漠（一个不受法律约束、适合杀人的地方，敌人在此无处藏身）。

2 那些族人（tribe）：亦指帮凶。

上天不让世人知悉的奥秘一样。

勃鲁托斯　　请放我们走吧。

伏伦妮娅　　喏，先生，请给我滚。

你们干了一件了不起的事。临走再听我说一句：

正像朱庇特的神庙远比

罗马最破的屋子恢宏，我那个让你们放逐的儿子——

这位夫人的丈夫，就是这位，看到了吧？——

和你们这种东西也有天壤之别。

勃鲁托斯　　好，好，我们失陪了。

西西涅斯　　何必待在这儿

让疯婆子奚落？　　　　　　　　　　　　二护民官下

伏伦妮娅　　带上我的祷告。

愿诸神搁下手头的其他事，

专心实现我的诅咒！要是能

每天遇见他们一回，或许能清除

令我心情沉重的积怨。

米尼涅斯　　您把他们臭骂了一顿。

凭良心说，是他们活该。你们愿意去舍下进晚餐吗？

伏伦妮娅　　愤怒就是我的食物。我以自己的怨愤为食，

吃个不停仍旧会饿死。来，我们走。

别哼哼唧唧、哭哭啼啼的，学我的样儿，

愤怒时也有朱诺般的[1]威严。走，走，走。

伏伦妮娅与维吉利娅下

米尼涅斯　　唉，唉，唉！

下

1　朱诺般的（Juno-like）：朱诺（Juno）是罗马神话中地位最高的女神，维吉尔（Virgil）在《埃涅阿斯纪》（Aeneid）中描述了她的无情怒火。

第三场 / 第十三景

罗马与安丁姆之间的道路上

一罗马人尼凯诺与一伏尔斯人阿德里安上

尼凯诺 我认识您，先生，您也认得我。我想您的大名叫阿德里安。

阿德里安 正是，先生。不瞒您说，我忘记您叫什么了。

尼凯诺 我是罗马人，但干的事和您一样，都是跟罗马人作对。您还没认出我呀？

阿德里安 您是尼凯诺？不会吧。

尼凯诺 正是，先生。

阿德里安 上次看到您的时候，您的胡子比现在多，可您的声音证明您真是尼凯诺。罗马有什么消息？我奉伏尔斯政府之命，要去罗马找您，可巧您省了我一天的路程。

尼凯诺 罗马发生了离奇的叛乱，民众起来反对元老、贵族了。

阿德里安 发生了？那现在平息啦？我们政府可不这么想。他们正积极备战，想等他们的内讧白热化时，向他们发起进攻。

尼凯诺 大火是灭了，但一点小事就能叫它复燃。贵族们为可敬的科利奥兰纳斯被逐痛心疾首，随时准备将民众的权力剥夺一空，永远不让他们再有护民官。余烬正在发光，我敢说，很快就会熊熊燃烧了。

阿德里安 科利奥兰纳斯给放逐了？！

尼凯诺 不错，先生。

阿德里安 尼凯诺，您带回这条好消息，一定大受欢迎。

尼凯诺 这是你们的大好机会。听人家说，想勾引有夫之妇，最好趁她和丈夫反目时下手。你们那位杰出的塔勒斯·奥菲狄乌斯这下能在战场上大显身手了，因为他的劲敌科利奥兰纳斯被自己国家摒弃了。

阿德里安 他肯定会的。我今天真走运，正好遇到您。您帮我完成了任务，我很乐意送您回家。

尼凯诺 我会讲很多罗马的怪事给您听，一直讲到吃晚饭，这些事都对罗马人的敌人有利。您说你们有支部队整装待发了，是吧？

阿德里安 是支大军。所有百夫长和他们的部下都分头征募好，记录在册了。一声令下，一小时之内他们就能开拔。

尼凯诺 很高兴他们都严阵以待了，我想我会是让他们立即行动的人。噢，先生，真是幸会，很高兴有您同行。

阿德里安 该高兴的人是我，先生。能与您同行真是荣幸之至。

尼凯诺 好，我们一起走吧。

同下

第四场 / 第十四景

安丁姆（奥菲狄乌斯家门外）

科利奥兰纳斯衣衫褴褛、乔装蒙面上

科利奥兰纳斯 这安丁姆城真不赖。城啊，
是我把你这儿的妇人变成寡妇的。在这些华厦的
继承人中，有很多是在我率军进攻时
哀鸣倒毙。所以别认出我来，
免得你的妇人和孩子要用唾沫、石子

让我死在一场没打过的仗中。

一城民上

神明保佑您，先生。

城民　　　　　也保佑您。

科利奥兰纳斯　能否告诉我

伟大的奥菲狄乌斯家住何处？他在不在安丁姆？

城民　　　　　在，他今晚在府中

宴请城邦政要。

科利奥兰纳斯　请问他的府邸在哪儿？

城民　　　　　您眼前这座就是。

科利奥兰纳斯　谢谢您，先生。再见。　　　　　城民下

噢，世事真是变化无常！适才还是刎颈之交，

好像两人的 [1] 胸中只有一颗心，

醒也好、睡也好、吃也好、玩也好，

全在一块儿，像双胞胎那样情投意合，

密不可分。可还不到一个钟头，

因小事起了争执，就会变得

不共戴天。同样，最痛恨彼此、

为设法整垮对方夜不成眠的仇家，

也会因为偶然的际遇，

或是一件微不足道的小事变成密友，

结为儿女亲家 [2]。我就是如此。

我恨自己的故国，爱这个

敌对城邦。我要进城。如果他把我杀了，

1　两人的（double）：两个（也有"欺骗性的"之意）。

2　结为儿女亲家（interjoin their issues）：也有"精诚合作"之意。

那也非常公道；要是他收留我，
我就为他的国家效力。 下

第五场 / 第十五景

安丁姆（奥菲狄乌斯家中）

奏乐。一男仆上

男仆甲 上酒，上酒，上酒！有这么伺候人的吗？我看我们那些
同伴都睡着了。 下

另一男仆上

男仆乙 科特斯呢？主人喊他呢。科特斯！ 下

科利奥兰纳斯上

科利奥兰纳斯 好气派的宅子，酒菜味儿真香！但我
这模样却不像客人。

男仆甲上

男仆甲 朋友，你有什么事？打哪儿来？这儿没你的地儿，请到
别处去。 下

科利奥兰纳斯 身为科利奥兰纳斯，
受这种气也应当。

男仆乙上

男仆乙 你打哪儿来，先生？难道看门的头上不长眼，连这种家
伙也会放进来？请你出去！

科利奥兰纳斯 滚！

男仆乙	"滚"？该滚的是你！
科利奥兰纳斯	哎呀，你真烦。
男仆乙	你敢嚣张？我去找人来教训你。

男仆丙上，男仆甲迎上前

男仆丙	这家伙是谁？
男仆甲	是我从来没见过的怪人，我赶不动。请劳烦主人出来吧。
男仆丙	朋友，你来这儿干吗？请你出去。
科利奥兰纳斯	让我站在这儿就好，我又不会弄坏你们的灶台。
男仆丙	你是什么人？
科利奥兰纳斯	是绅士。
男仆丙	好穷酸的绅士。
科利奥兰纳斯	不错，我是穷。
男仆丙	穷绅士，请你上别处去。这儿没你的地儿。出去，滚。
科利奥兰纳斯	少管闲事。去吃剩饭，把自己养肥吧。（把他从跟前推开）
男仆丙	怎么，你还赖着不走？请禀告主人，这儿有个怪客。
男仆乙	好。 男仆乙下
男仆丙	你住哪儿？
科利奥兰纳斯	在天穹之下。
男仆丙	"在天穹之下"？
科利奥兰纳斯	对。
男仆丙	那是什么地方？
科利奥兰纳斯	鸱鹰和乌鸦之城。
男仆丙	"鸱鹰和乌鸦之城"？真是蠢货！那你也和傻呆呆的鹬哥一块儿住咯？
科利奥兰纳斯	没有，我不是你家老爷的奴才。

男仆丙	怎么，你敢扯 [1] 上我家老爷？
科利奥兰纳斯	对，总比扯上你家夫人正派吧。你尽说废话，滚，端起木盘伺候人去吧。　　　　　　　　　　　　　　将他打跑

奥菲狄乌斯率男仆乙上

奥菲狄乌斯	那家伙在哪儿？
男仆乙	在这儿，老爷。要不是怕惊动里头那些大人，我早就狠狠揍他一顿了。（二男仆退至一旁）
奥菲狄乌斯	你从哪儿来？有何贵干？你叫什么？ 怎么不说话？说呀，老兄，你叫什么？
科利奥兰纳斯	（解开面巾）塔勒斯，要是 你还没认出我，见了我的面 还想不出我是谁，我就该 自报家门了。
奥菲狄乌斯	你姓甚名谁？
科利奥兰纳斯	我的名字对伏尔斯人来说并不中听， 你听了也会觉得刺耳。
奥菲狄乌斯	说，你叫什么？ 你的仪表凛然不可侵犯，脸上 有种威严，尽管一身落魄， 却不像等闲之辈。你叫什么？
科利奥兰纳斯	准备皱眉吧。你还没认出我？
奥菲狄乌斯	我不认识你。你叫什么？
科利奥兰纳斯	我叫卡厄斯·马歇斯，曾给 伏尔斯人，尤其是你， 带来巨大的伤害和灾难。我的别号

1　扯（meddle）:牵扯、干涉（而后科利奥兰纳斯把该词的意思转到"与……发生性关系"上）。

"科利奥兰纳斯"就是明证。浴血奋战、
出生入死、为我那忘恩负义的祖国
流的血，只换来
这个名字，它让你矢志不忘，
也见证了你对我应有的
怨恨和不满。我只剩这个名字了。
民众的残酷和猜嫉，
抹杀了我的一切功绩，
我们那些懦弱的贵族集体背弃了我，
任由那班奴才决定
把我轰出罗马。这种不幸遭遇
让我今天来到你家。别误会——
我不是来求你垂怜的——
我要是怕死，世人中最该避开的
就是你。我只是气不过，
渴望好好报复那些放逐我的人，
才会到这儿来见你。你要是有
复仇之心，想为自己
和祖国雪耻，
机会来了。你可以立即行动，
利用我的不幸达到目的，这样
我在愤恨之下为你效命，
正好于你有利，因为我会带着下界
一切恶鬼的怨毒，
向我那腐败的祖国宣战。可你要是
没这种胆量，也无心
实现更远大的抱负，那一句话，我也

厌倦了人世，愿意

引颈就戮，让你发泄多年的积怨。

你不杀我就是傻瓜，

因为我一向是你的死敌，

还从你祖国的胸口汲出过成桶的鲜血。

我在世上多活一天，你的耻辱就多留一日，除非

我是为你效力。

奥菲狄乌斯　噢，马歇斯，马歇斯！

你说的每个字都从我心里

刈除了一株宿怨的根苗。就是朱庇特

在那边的云端宣示神谕，

说"这是真的"，我对他的信任

也不比给你的多，高贵无比的马歇斯。让我

用双臂抱住你的身体，

我的梣木枪柄在你身上弄折过一百次，

溅出的木屑把月亮都擦伤了。

（他拥抱科利奥兰纳斯）我现在抱着

自己劈砍过的铁砧，争着

向你表示热烈真诚的友谊，

就像过去雄心勃勃要

和你比拼勇力一样。要知道，

我热恋过我娶的姑娘，为她叹的气

比谁都真挚。可如今见了你，

你这高贵的英雄，我这颗狂喜的心

跳得比初见恋人成为我的新娘，

跨进我家门槛时还厉害。嘿，战神玛尔斯[1]，告诉你，

1　玛尔斯（Mars）：罗马神话中的战神；可与"马歇斯"（Martius）构成双关。

我们有支军队已经开拔，我也再次

下定决心，要把盾牌从你的健臂上砍下来，

就算为此断一条胳臂也在所不惜。你打败我

十二次，我每晚

做梦都梦见和你交手。

在梦中我们一起倒在地上 [1]，

卸着彼此的帽盔，掐着彼此的脖子，

等到梦醒都白白累个半死了。尊贵的马歇斯，

就算我们和罗马别无过节，就因为

他们驱逐你，我们也会征募

所有十二到七十岁的男子，让战争像洪流一样

灌进忘恩的罗马的心脏。

噢！来，进来！

和我们这些友好的元老握握手，

他们全在这里向我辞行，

准备攻打你们的属地，

虽说还没准备进攻罗马。

科利奥兰纳斯　感谢神明！

奥菲狄乌斯　所以，盖世无双的将军，要是你想

统率这支为你报仇的军队，我就

分一半兵权给你。

你对自己国家的虚实洞如观火，

可以凭经验决定战术，

或是直逼罗马城城关，

1　一起倒在地上（down together）：在地上搏斗；这段话包含许多带有性含义的词语，如 hotly（热烈）、encounter（交手、相会）、half dead（半死），或许表露了一种无意识的同性之爱。

或是滋扰其边远地区，

在毁灭他们之前，先叫他们心惊胆战。进来，

我先让你认识一下那些

今后听命于你的人。热烈欢迎！

如今我们尽释前嫌，化敌为友了。

不过呀，马歇斯，我以前可是对你恨之入骨。

把你的手给我，欢迎之至！

科利奥兰纳斯与奥菲狄乌斯下。二男仆上前

男仆甲   真是意外的变化！

男仆乙   我可以举手发誓，我本想抄棍子打他，可心里总觉得不能光凭装束来判断他的身份。

男仆甲   他的胳膊多粗啊！他只用两根指头就把我拨得团团转，就跟捻陀螺似的。

男仆乙   哦，我光看他的脸就知道他有过人之处。我觉得他那张脸哪……我说不上来。

男仆甲   就是这么回事。他看上去好像有几分高深莫测——要是我没从他脸上看出来，就让我上绞架好了。

男仆乙   我也是，我敢发誓，他就是世间最难得的人物。

男仆甲   我想错不了。他可是比你熟悉的那个人更伟大的战士。

男仆乙   谁？我们老爷？

男仆甲   嗯，是谁都没关系。

男仆乙   能抵六个像他[1]那样的人。

男仆甲   不，那也不见得，不过我看还是他厉害。

男仆乙   说真的，瞧，这可不好说。要说保卫城池，我们将军的本事可是呱呱叫的。

---

1 他（him）：与下行中的"他"一样，既可能指科利奥兰纳斯，也可能指奥菲狄乌斯。

男仆甲	嗯，论进攻也不差。

男仆丙上

男仆丙	奴才们哪！有消息告诉你们，有消息告诉你们这些坏蛋。
男仆甲与乙	什么消息，什么消息，什么消息？说来听听。
男仆丙	随便哪国人我都当，就是不当罗马人，就算当个死刑犯也不当罗马人。
男仆甲与乙	为什么？为什么？
男仆丙	嘿，刚才的那个人，就是常常打败我们将军的那个卡厄斯·马歇斯。
男仆甲	你干吗说"打败我们将军"？
男仆丙	我没说"打败我们将军"，可他一向是我们将军的劲敌。
男仆乙	好啦，都是自己人、好伙伴。他总比我们将军技高一筹，我听我们将军也这么说。
男仆甲	我们将军打不过他，直说吧，在科利奥里城城下，他随意宰割我们将军，就像给肉划刀花似的。
男仆乙	他要是会吃人肉，可能还会把我们将军煮了吃呢。
男仆甲	接着说你的消息！
男仆丙	嘿，他在里头备受礼遇，就像是战神的亲儿子，高踞上座，每个元老问他问题时都在他面前脱帽肃立。我们将军自己也把他当情人，像拿圣物似的握着他的手，翻起眼来专心听他说话。不过最重要的消息是，我们将军已被腰斩，只剩昨天的一半了。那个人在全体在座者的要求和赞同下，得到了那一半。他说他会拧着罗马城门卫的耳朵把他拖出来，铲除所有阻挡去路的障碍，把所经之处夷为平地。
男仆乙	我看他真会这么干。
男仆丙	"真会这么干"？他当然会啦。因为呀，要知道，先生，

他的朋友和敌人一样多。这些朋友，先生，在他剩名扫
地[1]时，可以说不敢，表现出是我们所说的"他的朋友"。

男仆甲 "剩"名扫地？这是什么意思？

男仆丙 可等他们见他东山再起，重振声威，就会像雨后的兔子
那样，钻出洞来围着他蹦跶了。

男仆甲 什么时候出兵？

男仆丙 不是明天，就是今天，要么马上。今天下午你们就会听
到战鼓声，这像是他们宴会的余兴节目，不等他们擦嘴
就要开演。

男仆乙 哎哟，那我们又有热闹看了。这种和平时期只会让刀剑
生锈，增加许多裁缝，滋生编小曲的人。

男仆甲 要我说呀，还是战争好。它胜过和平，就像白天胜过黑
夜。战争生气勃勃，热闹非常；和平怠惰迟钝，死气沉沉，
无声无息。和平时期出世的私生子，比战争中死的人还多。

男仆乙 没错。从某种程度上说，战争算是强奸犯，和平无疑是
造绿帽的能手。

男仆甲 是呀，和平让人互相憎恨。

男仆丙 原因是，人们在和平时期不太需要彼此照应。我把宝押
在战争上。我想看罗马人变得像伏尔斯人一样卑贱。他
们要离席了，他们要离席了。

男仆甲与乙 进去，进去，进去，进去！ 众人下

---

1 剩名扫地（directitude）：这是胡诌的词，男仆丙可能是想说 discredit（声名扫地）。

第六场 / 第十六景

罗马

二护民官西西涅斯与勃鲁托斯上

西西涅斯　　我们没他的消息，也不用怕他。
　　　　　　能治他的民众也安生了，
　　　　　　过去一片混乱，
　　　　　　如今国泰民安。我们确实让他那些朋友为
　　　　　　这派太平景象自感羞愧；他们宁肯
　　　　　　心怀不满的民众上街闹事，
　　　　　　对他们不利，也不愿看到
　　　　　　百工商贾
　　　　　　安居乐业，各司其职。

米尼涅斯上

勃鲁托斯　　幸亏我们抓住时机坚持立场。这是米尼涅斯吧？

西西涅斯　　是他，是他。噢！他近来和气多了。——
　　　　　　您好，先生！

米尼涅斯　　二位好！

西西涅斯　　您的科利奥兰纳斯走了以后，除了他的朋友
　　　　　　也没人惦记他。共和政府巍然屹立，
　　　　　　就算他对此再不高兴，也会照样屹立下去。

米尼涅斯　　一切都很好。如果他能审时度势，
　　　　　　可能还会好得多。

西西涅斯　　他在哪里？您听说了吗？

米尼涅斯　　没有，没听说。

他的母亲和妻子也没他的消息。

三四城民上

众城民 （对二护民官）天神保佑二位！

西西涅斯 下午好，高邻！

勃鲁托斯 大家下午好，大家下午好。

城民甲 俺们自个儿，还有俺们的老婆孩子，都该跪下来
给二位祈福。

西西涅斯 祝你们生活美满！

勃鲁托斯 再见，好邻居。
要是科利奥兰纳斯也像我们这么爱护你们就好了。

众城民 神明保佑你们！

西西涅斯与勃鲁托斯 再见，再见。 众城民下

西西涅斯 现在才算四海升平，
比这些人在街上
乱跑乱闹的时候好多了。

勃鲁托斯 卡厄斯·马歇斯在战场上
是一员虎将，可惜太傲慢、
太自大、太有野心、
太自负——

西西涅斯 他只想独揽大权，不愿和人分享。

米尼涅斯 我倒不这么看。

西西涅斯 要是等他当上执政才发现他是这种人，
大家都会后悔不迭。

勃鲁托斯 幸好神明保佑，没让他当选，
少了这个人，罗马就太平了。

一警吏上

警吏 尊贵的护民官，

	有个给收监的奴隶说，
	伏尔斯人兵分两路
	开进了罗马的属地，
	残酷无情地
	毁灭所到之处的一切。
米尼涅斯	是奥菲狄乌斯。
	罗马有马歇斯挺身保卫时，
	他就像蜗牛似的缩在壳里；
	一听马歇斯被放逐，
	又伸出触角来了。
西西涅斯	得了，何必提马歇斯？
勃鲁托斯	（对警吏）务必叫这造谣的家伙挨顿鞭子。——
	伏尔斯人绝不敢违反与我们签订的和约。
米尼涅斯	绝不敢？
	我们的记录表明他们很有这么干的胆量。
	我活到这把岁数，
	就见这种事发生了三回。你们处罚这家伙前，
	应该先问清楚，他是从哪儿得来的消息，
	免得错罚了
	提供实情、
	让你们预防灾祸的报信人。
西西涅斯	不劳赐教，我知道不会有这种事。
勃鲁托斯	这不可能。

一信差上

信差	贵族都匆匆
	赶往元老院了，他们听到了什么消息，
	个个面无人色。

西西涅斯	都怪这奴才。——
	（对警吏）去将他鞭刑示众。——是他惹的事。
	都怪他造谣。
信差	不，大人，
	这奴隶报告的消息已经得到证实，
	还有更可怕的消息呢。
西西涅斯	什么更可怕的消息？
信差	许多人都公开说——
	不知他们说的可不可靠——马歇斯
	和奥菲狄乌斯联手，率一支军队来攻打罗马了。
	他还宣称为了复仇要杀光罗马人，
	不分长幼。
西西涅斯	听来像是真的！
勃鲁托斯	纯属造谣。他们想用这种话蛊惑那些胆小鬼，
	让他们希望好马歇斯回来。
西西涅斯	正是这么个伎俩。
米尼涅斯	这不可能，
	他和奥菲狄乌斯誓不两立，
	不可能联手。

另一信差上

信差乙	有请各位大人移步元老院。
	一支由卡厄斯·马歇斯率领、
	由奥菲狄乌斯任副将的可怕军队，已经进犯
	我们的属地。
	他们一路袭来所向披靡，到处纵火，
	大肆掳掠。

考密涅斯上

考密涅斯	噢！你们干的好事！
米尼涅斯	有什么消息？有什么消息？
考密涅斯	你们是帮敌人强暴亲闺女，
	让他们熔化全城屋子的铅顶浇在自己头上，
	当面凌辱你们的发妻。
米尼涅斯	有什么消息？有什么消息？
考密涅斯	你们的神庙都化为焦土，你们依仗的
	特权都缩到
	锥孔那么小了。
米尼涅斯	请告诉我，您有什么消息？
	（对二护民官）你们怕是干下好事了！——
	（对考密涅斯）您有什么消息？——
	要是马歇斯真与伏尔斯人联手——
考密涅斯	要是？他成了他们的神。他率领他们的气魄，
	活像个手艺超过造化的其他神明
	创造的人。他们随他来
	攻击我们这些小儿，正如
	男孩追逐夏天的蝴蝶、
	屠夫打苍蝇那么稳操胜券。
米尼涅斯	（对二护民官）你们干的好事，
	你们，还有你们那些穿围裙的匠人！你们看重的
	就是那些手艺人的话
	和那些吃大蒜的家伙吐的气！
考密涅斯	（对二护民官）他会把你们的罗马搅个天翻地覆。
米尼涅斯	如同赫剌克勒斯从树上摇下熟果[1]，毫不费力。

1　赫剌克勒斯……熟果（Hercules … fruit）：赫剌克勒斯完成的第十一项伟绩就是摘取赫斯珀
　　里得斯三姐妹（the Hesperides）看管的金苹果。

	你们干的好事！
勃鲁托斯	此事当真，先生？
考密涅斯	是。不等证明消息有假，
	你们的脸都会吓白。各个属地
	均欣然叛变，抵抗者
	全被讥诮为有勇无谋、
	自取灭亡的傻瓜。谁能怪他呢？
	你们和他的敌人都觉得他伟大。
米尼涅斯	我们全完啦，除非
	这位大英雄大发慈悲。
考密涅斯	谁敢求他开恩？
	护民官没脸去；民众
	不配他可怜，就像豺狼
	不配牧人怜悯；至于他的至交，要是他们敢
	对他说，"可怜可怜罗马吧"，就等于
	和他该恨的人同流合污，
	也成他的仇家了。
米尼涅斯	没错，他就是放火
	烧我的房子，我也没脸
	对他说："请住手。"——
	（对二护民官）你们这一手真高啊，
	你们和你们那些诡计[1]！你们干得妙！
考密涅斯	你们让罗马
	战栗不已，它还是头一回这么
	孤立无援。

1　那些诡计（crafts）：也可指工匠们。

西西涅斯与勃鲁托斯　　可别说是我们的错。

米尼涅斯　　怎么？难道是我们的错？我们都爱戴他，

　　　　　　却像畜生和怯懦的贵族一样，

　　　　　　任你们那帮贱民为所欲为，

　　　　　　把他轰走了。

考密涅斯　　我怕

　　　　　　他们又得高喊着迎他回来了。塔勒斯·奥菲狄乌斯，

　　　　　　世间第二的强者，像部将似的

　　　　　　对他唯命是从。除了绝望，

　　　　　　罗马就没有应对他们的

　　　　　　策略、力量和防御手段了。

一群城民上

米尼涅斯　　那帮乌合之众来了。

　　　　　　奥菲狄乌斯和他在一起？都是你们这帮人，

　　　　　　抛着油腻腻的臭帽子，

　　　　　　闹哄哄地放逐了科利奥兰纳斯，

　　　　　　把罗马的空气都弄浊了。现在他来了。

　　　　　　他每个士兵的每根头发，

　　　　　　都会变成惩戒你们的鞭子。你们抛过多少帽子，

　　　　　　他就会砍下多少脑袋

　　　　　　来报答你们的恩情。算了，

　　　　　　就算他把我们全烧成一个炭块，

　　　　　　也是我们自作自受。

众城民　　真的，俺们听到吓人的消息了。

城民甲　　俺自个儿嘛，

　　　　　　说"放逐他"的时候，就说这是造孽了。

城民乙　　俺也这么说了。

城民丙	俺也说了。说真的，俺们很多人都这么说。俺们那么干是为了大伙儿好。俺们是心甘情愿地答应放逐他，可那不是俺们自个儿的主意。
考密涅斯	你们都是好人，就是你们同意的！
米尼涅斯	你们干的好事， 都是你们和你们那些狐朋狗友的鼓噪！ 我们去不去元老院？
考密涅斯	唉！去吧，不然还能怎样？　　考密涅斯与米尼涅斯下
西西涅斯	去吧，各位，回家去，别慌。 那两个是一派，他们假装害怕， 心里却巴不得真有此事。回去吧， 别露出惊慌的样子来。
城民甲	神明保佑俺们！走，大家伙儿，俺们回去吧。俺早说俺们放逐他不对了。
城民乙	大伙儿都这么说。走，俺们回家。　　众城民下
勃鲁托斯	我不喜欢这种消息。
西西涅斯	我也是。
勃鲁托斯	去元老院吧。要是谁能证明这消息是假的， 我愿把家产分一半给他。
西西涅斯	来，我们走。　　二护民官下

第七场 / 第十七景

罗马附近的伏尔斯军营

奥菲狄乌斯率其副将上

奥菲狄乌斯　　他们还是不断投靠那个罗马人？

副将　　　　我不知道他有什么魔力，可

　　　　　　您的士兵简直把他当成饭前的祷告、

　　　　　　饭间的话题和饭后的谢恩，一刻也不离口。

　　　　　　将军，您在这次行动中反而相形失色，

　　　　　　连自己部下待您也一天不如一天了。

奥菲狄乌斯　　我现在也没办法。

　　　　　　我是可以用计挤对他，可那会影响

　　　　　　军事计划的实施。我头回拥抱他的时候，

　　　　　　还没料到他对我

　　　　　　也会傲成这样。

　　　　　　可这也是他本性难移，既然无法改变，

　　　　　　我就只好原谅了。

副将　　　　但我希望，将军——

　　　　　　我是为您个人着想——您当初没

　　　　　　和他分担指挥权，要么

　　　　　　自己统率全军，要么

　　　　　　让他独自统率。

奥菲狄乌斯　　我很清楚你的意思。你放心，

　　　　　　他还不知卸任交差的时候，

　　　　　　会怎么栽在我手里。表面看来，

他行事光明磊落，

对伏尔斯政府赤胆忠心，

打起仗来像条龙，一出剑

就克敌制胜，他自己这么觉得，一般人也

这么想。可他忘了一件事，

等我们最后算账的时候，

不是他死就是我亡。

副将　　　将军，请问您觉得他能征服罗马吗？

奥菲狄乌斯　不等他扎营，各地已经望风披靡；

罗马贵族都拥戴他，

元老和亲贵也喜欢他；

护民官不会打仗；他们的民众

既会草草驱逐他，也会草草

收回成命。我想他对罗马，

就像鱼鹰捕鱼，靠天性

就能使它就范。他本是

他们的忠仆，可是不会

安享尊荣。也许是他

向来一帆风顺，养成了自大的脾性，

带来了人格的缺陷；也许是他断事不明，

不懂怎么利用

到手的机会；也许是他本性使然，

无法适应

从战场到元老院的转变，

用治军的严厉

来治世。这些缺点他未必都有——

可其中一个，不是全部，我敢说——

会让人对他又怕

又恨，甚至让他遭到放逐。别人刚想提他的功劳，

又只好闭口不言。我们的美德

的确靠世人评说。

有权有势固然弥足称道，

可权势的葬身之地

远不如先前的宝座荣耀。

火驱火，钉去钉；

权消权，力克力。

来，我们走。卡厄斯，等你征服全罗马，

就成了穷光蛋，到时候别想逃出我的手心。　　　　同下

第五幕

第一场 / 第十八景

罗马

米尼涅斯、考密涅斯、二护民官西西涅斯与勃鲁托斯率其他人上

米尼涅斯 　　不去，我不去。你们听听

　　　　　　　他以前的统帅怎么说，这位统帅

　　　　　　　对他关怀备至。他过去尊我为父，

　　　　　　　那又怎样？——

　　　　　　　（对二护民官）要去，你们两个放逐他的人去，

　　　　　　　在离他营帐一哩远的地方就跪下来，膝行

　　　　　　　而进，去求他开恩。我不去，他连

　　　　　　　考密涅斯的话都懒得听，我还是待在家里好。

考密涅斯 　　他假装不认得我。

米尼涅斯 　　听见了吧？

考密涅斯 　　他以前和我很亲近。

　　　　　　　我想用老交情和一起流过的血

　　　　　　　来打动他，可不管我叫他科利奥兰纳斯

　　　　　　　还是其他名字，他都不加理会，

　　　　　　　仿佛没名没姓一般，

　　　　　　　只等烧毁罗马的烈火

　　　　　　　来熔铸一个名字。

米尼涅斯 　　（对二护民官）嘿，说真的，你们干得妙啊！

　　　　　　　一对护民官苦心孤诣毁了[1]罗马
　　　　　　　来降低炭价。不朽的伟绩呀！

考密涅斯　　　我提醒他，出人意料地赐予宽恕，
　　　　　　　是何等高贵，他却回答说，
　　　　　　　一个城邦向处罚过的罪人求情，
　　　　　　　是多么下贱。

米尼涅斯　　　说得好，他自然会这么说。

考密涅斯　　　我想让他考虑一下自己的
　　　　　　　亲朋好友，他的回答是，
　　　　　　　没空把他们从一大堆
　　　　　　　臭烘烘的霉烂秕糠中挑出来，还说傻子才会
　　　　　　　为那么一两粒谷子留着这堆东西不烧，
　　　　　　　一直忍受难闻的臭气。

米尼涅斯　　　为那么一两粒谷子？
　　　　　　　我就是其中一粒。他的母亲、妻子和孩子，
　　　　　　　还有这条好汉，我们都是谷子。
　　　　　　　你们是发霉的秕糠，臭味都
　　　　　　　冲到月亮上去了。我们只好和你们玉石俱焚！

西西涅斯　　　别这样，请息怒。您要是不肯
　　　　　　　在这前所未有的危难关头拉我们一把，就别
　　　　　　　拿我们的烦心事来怪我们了。但我们相信，要是
　　　　　　　您肯出面为国请命，您那份口才，
　　　　　　　肯定比我们临时征募的军队强，
　　　　　　　会让我们那位同胞放下刀剑。

米尼涅斯　　　不，我可不掺和。

1　毁了（wracked）：与 racked（绞尽脑汁，努力、费力）是双关。

西西涅斯	求您去见见他吧。
米尼涅斯	我能做什么？
勃鲁托斯	只求您去见马歇斯一面，
	看看您和他的交情能不能为罗马出力。
米尼涅斯	嘿，要是马歇斯
	像待考密涅斯那样待我，
	理都不理就把我打发回来，那怎么办？
	万一我被他怠慢，
	满心沮丧地回来，那该如何是好？
西西涅斯	您只管放手一试，
	就算不成功，
	罗马也会感激您的好意。
米尼涅斯	那我就去试试看吧。
	我想他会听我的。可他对考密涅斯都抿着嘴，
	哼呀哈的 [1]，让我很没信心。
	可能是向他进言的时机不对，他还没吃饭。
	脉管空虚，血液发凉，所以
	我们一大早起来爱撅着嘴生闷气，
	不肯给人布施，也不肯原谅别人。
	等到酒足饭饱，
	脉管充实，我们的心肠
	就会比饭前软得多。所以我会留心
	等他吃完饭，
	再来向他提要求。
勃鲁托斯	您知道怎么唤醒他的天良，

---

1 抿着嘴，哼呀哈的（bite ... hum）：指生气的表现。

	定能马到成功。
米尼涅斯	那好，我去试试。
	无论成败，
	很快就见分晓。 下
考密涅斯	他肯定不会听他的。
西西涅斯	不会听？
考密涅斯	告诉你，他可是端坐在黄金宝座之上，双眼
	红得像要烧毁罗马一般，他受过的伤害
	就是狱卒，看押着他的恻隐之心。我在他面前下跪，
	他冷冷一声"起来"，这样默默一挥手，
	就把我给打发了。他想做的，
	他会写信通知我；他不想做的，
	都受誓言约束不容更改。¹
	所以希望都破灭了，除非他那高贵母亲
	和妻子肯去求他饶恕祖国。
	听说她们有意去劝他，我们去
	求她们尽快动身吧。 众人下

---

1 他想做……更改（What ... conditions）：意即他列出了他想作和不想作的让步，前提条件是
罗马人发誓遵从他定的条款／他明确说明了他要对罗马做的事和不对罗马做的事，发誓说他
要按自己的意图行事／他说明了自己的心愿，发誓坚持己见。

第二场　／　第十九景

伏尔斯军营

米尼涅斯上，走向哨兵／卫兵

哨兵甲	站住！你从哪儿来？
哨兵乙	站住！回去！
米尼涅斯	你们尽心站岗，这很好。
	叨扰了，我是政府
	官员，想见科利奥兰纳斯。
哨兵甲	你从哪儿来？
米尼涅斯	从罗马来。
哨兵甲	不准通行，你给我回去。我们将军有令，不再接见罗马
	来的人。
哨兵乙	等你看你们的罗马陷入火海，再来见科利奥兰纳斯吧。
米尼涅斯	我的好朋友们，
	你们要是听过你们将军提起罗马
	和他在那儿的朋友，就一定 [1]
	听过我的名字，我叫米尼涅斯。
哨兵甲	就算是这样，回去。你的名字在这儿也不是通行证。
米尼涅斯	告诉你，朋友，
	你们将军是我的好朋友。我就是书卷，
	记载着他的功绩，人们能从我这儿读到
	他的盖世声名，可能稍微有点儿夸张。

1　一定（lots to blanks）：字面意思是"抽奖时的中奖彩票与没中奖的相比"。

因为我总以不捏造事实为限，
极口称赞自己的朋友，他是最重要的一个——可有时也难免
说过了头，就像在略有凹凸的地面
玩滚球，
我让球滚得太远，在夸他的时候
几乎混淆真假了。所以呀，小伙子，
你得让我过去。

哨兵甲　说真的，先生，就算你为他撒的谎有自己说的话那么多，就算撒谎和诚实地生活[1]一样高尚，你也别想从这儿过去，不行。你还是回去吧。

米尼涅斯　小伙子，请别忘了我叫米尼涅斯，一向是站在你将军这边的。

哨兵乙　我不管你怎么为他撒谎，这是你说的，我这个听他指挥、说实话的人都得告诉你，你不能过去。所以你还是回去吧。

米尼涅斯　你能不能告诉我他吃过饭没有？要是还没吃我就不见他了。

哨兵甲　你是罗马人，对吧？

米尼涅斯　我和你的将军一样，都是罗马人。

哨兵甲　那你就该像他那样恨罗马才对。既然你们把罗马的卫士推出城门，因为无知民众一时激动，就把自己的盾牌交给敌人，现在还以为老妇人不费力的呻吟、你们闺女的嫩手和你这看来昏聩老朽的家伙的说项就能对抗他的复仇？你想用这么微弱的气息吹熄就要吞噬全城的烈火？办不到，你别自欺欺人了。你还是回罗马，准备受死吧。你们死定了，我们将军发过誓，不给你们任何宽待，也绝不饶恕你们。

1　撒谎和诚实地生活：原文为 to lie as to live chastely，也有"发生性关系与守贞相比"之意。

米尼涅斯	小子 [1]，你长官要是知道我在这儿，一定会给我礼遇的。
哨兵甲	得了吧，我长官又不认识你。
米尼涅斯	我是说你的将军。
哨兵甲	我们将军才不会理你。回去，走，不然我就放干你身上仅有的那些血。回去，这是你最好的结局了。回去。
米尼涅斯	别，老兄，老兄——

科利奥兰纳斯与奥菲狄乌斯上

科利奥兰纳斯	怎么回事？
米尼涅斯	（对哨兵甲）好啦，你这家伙，我省了你通报的麻烦。你就会知道我是受尊敬的人。你也会明白一个站岗的大兵，是不能拦着我，不让我见我孩儿科利奥兰纳斯的。你只消看他怎么款待我，就能猜到自己是要上绞架呢，还是会有其他能让人看得更久、吃苦更多的死法了。你给我留心看着，想想自己要受的责罚而晕倒吧。——（对科利奥兰纳斯）愿荣耀的神明时刻商谈如何增加你的福祉，像你的米尼涅斯老爹这么爱你！噢，我的孩儿！我的孩儿！你在准备拿火烧我们，瞧，这儿有灭火的水。（他落泪）他们好容易劝我上这儿来，让我相信除了我本人谁也说不动你，所以我就让叹息把我吹出城门，来求你宽恕罗马和苦苦哀告的同胞。愿仁慈的天神平息你的愤怒，把你的余怒撒在这个奴才身上。就是这家伙，他像块石头一样，拦着我不让我见你。
科利奥兰纳斯	去！
米尼涅斯	怎么？去？
科利奥兰纳斯	妻子、母亲、儿女，我都不认。我现在

1　小子（sirrah）：用于称呼地位比自己低者。

替人效力，虽说能

为自己报仇，赦免权可是归

伏尔斯人所有。我们的老交情，

已经被罗马无情的忘恩毒害，

不能让我可怜你们了。所以，你还是走吧。

我的耳朵抗拒你们的请求，

比你们的城门抵挡我的大军更坚定。不过，我们是故交，

带上这个，（他给米尼涅斯一信）这是我为你写的，

本来要派人给你送去。别的话，米尼涅斯，

我就不听了。奥菲狄乌斯，这个人

是我在罗马的好朋友，我怎么待他你都看到了！

奥菲狄乌斯	你很坚定。 科利奥兰纳斯与奥菲狄乌斯下

哨兵与米尼涅斯留场

哨兵甲	哟，先生，您的大名可是米尼涅斯？
哨兵乙	您瞧，这名字的魔力好大。您又给人赶回去了。
哨兵甲	您可听到我们挡了尊驾，被人教训？
哨兵乙	您觉得我有必要晕倒吗？
米尼涅斯	这个世界也好，你们将军也好，我都不在乎。至于你们这种家伙，我几乎不知道世上还有你们，因为你们太渺小了。想自杀的人不怕被杀。你们将军尽管使出最恶毒的招数来。至于你们，愿你们长命百岁，烦恼与日俱增！他让我走，我也要对你们说，"滚"！ 下
哨兵甲	我敢说，他也不是等闲之辈。
哨兵乙	我们将军才高贵呢，他是磐石，是风吹不动的橡树。

同下

第三场 / 景同前

科利奥兰纳斯与奥菲狄乌斯上

科利奥兰纳斯 明天我们要在罗马城外

扎营。和我共同行动的战友，

你必须向伏尔斯官员报告，我是怎样

光明磊落地执行任务的。

奥菲狄乌斯 你一心为他们的利益着想，

对罗马人的齐声恳求充耳不闻，

从不私下接见他们。对，连那些自信能说服你的朋友

你也不理会。

科利奥兰纳斯 最后来的那位老人，

就是我让他伤心不已地回去的那位，

他比父亲更爱我。

不，他简直当我是神明。他们把最后的希望

寄托在他身上。我虽然对他很冷酷，

可为了这段老交情，我又对他提出了

最初的条件，那是他们拒绝了、

现在也接受不了的，这样做只是为了让他

觉得他更顶事。我对他们没作

任何让步，以后他们再派谁来求我，

无论是官方信差，还是私交好友，

我都一概不理。（幕内呼喊声）——哈！这是什么喊声？

难道我才发了誓，

就有人来诱我背誓？我决不背誓。

维吉利娅、伏伦妮娅、凡勒利娅与小马歇斯率众侍从上

> 我妻子走在最前边，身后跟着塑造我这副身躯的
>
> 高贵模型，她手里还牵着
>
> 嫡亲的孙儿。可是走开，温情！
>
> 天性包含的所有伦常羁绊，都给我碎裂吧！
>
> 让固执成为美德。（维吉利娅行屈膝礼）
>
> 屈膝礼有什么用，鸽子般的双眸[1]，温柔得能让天神背誓，
>
> 可这又算什么？我要是被温情融化，就不比别人
>
> 刚强了。（伏伦妮娅鞠躬）我母亲朝我鞠躬，
>
> 好像奥林波斯山[2]也该向土丘
>
> 俯首求情似的，我那年幼的孩儿
>
> 同样露出恳求之色，
>
> 伟大的天性高呼："别拒绝他！"让伏尔斯人
>
> 毁灭罗马，蹂躏意大利吧，我决不当
>
> 服从天性的呆鹅，而要像
>
> 自己的创造者，巍然屹立，
>
> 六亲不认。

维吉利娅　　　我的夫君！

科利奥兰纳斯　我这双眼睛和在罗马时不同了。

维吉利娅　　　悲哀改变了我们的容颜，

　　　　　　　才会让您这么想。

科利奥兰纳斯　我像个蹩脚的演员，

　　　　　　　忘了该演的角色，记不起台词，

　　　　　　　要贻笑大方了。我最亲爱的，

1　鸽子般的双眸（dove's eyes）：指维吉利娅的秀目；鸽子象征着和平与忠贞。

2　奥林波斯山（Olympus）：希腊神话中诸神居住的山。

原谅我的残酷吧，可是别为此就说
"饶了我们罗马人"。（维吉利娅亲吻他）噢！给我一个
像放逐这么漫长、像复仇这么甜蜜的吻吧！
凭善妒的天后起誓，亲爱的，我这个吻
还是你上次给的，我的嘴唇
一直为它守贞。天神哪！我还在说废话，
忘了向世上最高贵的母亲
致敬。膝盖，落到地上吧。（跪地）
用深深的膝痕来表达我对您的孝心，
它该比一般儿子对母亲的敬意更深。

伏伦妮娅　　噢！起来接受我的祝福！（科利奥兰纳斯起身）
让坚硬的燧石当我的膝垫，
我现在跪在你面前，颠倒亲子伦常
向你致敬，好像
孩子给父母下跪反倒有错。（她跪地）

科利奥兰纳斯　这像什么话？您给我下跪？
给您戴罪的儿子下跪？
（他扶起她）那让荒凉海滩上的卵石
都射向星辰，让肆虐的狂风
用傲岸的松柏击打烈日；
让一切不可能都变作可能，让无法实现的事全变得
轻而易举吧。

伏伦妮娅　　你是我的战士，我为造就你出过力。
你可认识这位夫人？

科利奥兰纳斯　普布利科拉[1] 尊贵的姊妹，

1　普布利科拉（Publicola）：罗马最早的执政官之一。

罗马的明月，贞洁得像最白的雪
在狄安[1]神庙屋檐下
凝成的冰柱。亲爱的凡勒利娅！

伏伦妮娅 （指着小马歇斯）这是你自己的一个小缩影，
假以时日，他会长大成人，
变得和你一模一样。

科利奥兰纳斯 （对小马歇斯）愿至高无上的乔武
让战神赐予你
高尚的思想，让你
在耻辱面前永不低头，在战争中
像一座伟大的灯塔岿然不动，经得起任何风浪的打击，
让看到你的人都得救！

伏伦妮娅 （对小马歇斯）跪下来，孩子。（他跪地）

科利奥兰纳斯 我的好孩子！

伏伦妮娅 他、你妻子、这位夫人，还有我本人，
都来向你求情了。

科利奥兰纳斯 请别说了。
如果您有什么要求，开口前先记住
我立誓决不容许的事，不会因为
你们的请求而改变。别叫我
遣散军队，或是再和
罗马的匠人谈判。别对我说
我在哪方面不近人情，也别想用
你们冷静的理智熄灭我复仇的怒火。

伏伦妮娅 噢！别说了，别说了！

---

1 狄安（Dian）：即狄安娜（Diana），罗马神话中的月神和贞节之神。

我们的请求全让你拒绝了，
除了你拒绝的，
我们也别无所求。可我们还是
要求你，假如你不答应，就可以
怪你心如铁石。所以，听我们说吧。

科利奥兰纳斯　奥菲狄乌斯，还有你们这些伏尔斯人，请你们听着。
因为我绝不和罗马来的人秘密会晤。
（他坐下）你们有什么要求？

伏伦妮娅　就算我们默不作声，你也能从装束
和仪容上，看出我们在你被放逐后
过的是什么日子。你自己想想看，
我们到这儿来，
是如何比世间女子都更不幸，因为我们见到你，
本该喜极而泣，欣慰地心跳，
可却悲伤下泪，忧惧战栗。
母亲、妻子、儿子，要看着
自己的孩子、丈夫和父亲撕出
他祖国的腑脏。对可怜的我们来说，
你的敌意残酷至极，你让我们
无法向神明祷告，那是除我们之外
谁都享有的慰藉。唉！我们怎么能
同时为与我们血脉相连的国家
和你的胜利祈祷？
唉！我们不是要失去
这个国家，我们亲爱的保姆，就是要失去你，
我们在国内的安慰。无论哪方获胜，
都符合我们的心愿，

却难免有个悲惨的结局。我们不是
看你像叛徒似的戴着镣铐
给人拖着游街示众，就是看你
洋洋得意地踏在祖国的废墟上，
因为勇敢地溅了自家妻小的血而
大获全胜。至于我自己，孩子，
我不会等命运来
宣判战争的输赢。要是我劝不了你，
让你选择兼利双方的途径，
而不是非要灭亡一个城邦，那与其让你
率军攻打祖国——
相信我，你不该那么做——还不如让你
从亲生母亲身上踏过去。

维吉利娅　不错，也得踏过我这为您生儿育女、
让您后继有人的身体。

小马歇斯　他不该踩我，
我要逃走，等长大了再来打仗。

科利奥兰纳斯　不想变得像女人那么心软，
就别看孩子和女人的脸。
我坐太久了。（他站起来转身欲走）

伏伦妮娅　不，别这样离开我们。
我们要是求你
为了拯救罗马人而消灭
你投效的伏尔斯人，那你大可责怪我们
损害你的声誉。不，我们只求你
让双方和解，这样伏尔斯人可以说
"我们发了这样的慈悲"，罗马人也能说

"我们受了这样的恩典"，双方都会
异口同声地称颂，"祝福你呀，
和平的缔造者！"你知道，伟大的儿子，
战争的结果无法预料，而这点确定无疑：
你要是征服了罗马，
得到的好处无非是
永世无绝的骂名。
史书上会记载："此人原本出身高贵，
但他最后的行动抹消了他的令名，
毁灭了祖国，因而他的名字遗臭
万年。"对我说句话，儿啊，
你一向喜欢光荣的事，
那就该效法天神的慈悲，
纵然用雷电撕裂天宇，
也只以一声霹雳
劈开一棵橡树，祸不及人。你怎么不说话？
你认为高贵的人，不忘旧恨
才光荣？媳妇儿，说话呀，
他不在乎你的眼泪。你也说话呀，孩子，
也许你的稚气
比我们的理由更能打动他。世上没有谁
对母亲的感情比他的更深切，可他居然让我
像戴木枷的 [1] 囚犯似的白白唠叨。你生平从未
对亲爱的母亲尽一点孝，
而她，可怜的母鸡！却痴爱头生雏儿，

---

1 戴木枷的（i'th'stocks）：木枷是一种用来禁锢人的双手和／或双脚以示众的刑具。

咯咯叫着送你出征，又迎你安然
载誉归来。要是我的请求不正当，
你尽可以一脚把我踢回去。不然
就是你不忠不孝，
天神会降灾于你，
因为你没对生母尽孝。他转过身去了。
跪下，夫人们，让我们用双膝羞辱他。
他的别名"科利奥兰纳斯"上只有骄傲，
没有对我们的祈祷的怜悯。跪下。这就完了，
这是我们最后的恳求。（众贵妇与小马歇斯跪地）
我们要回罗马，
和邻人死在一起。别这样，看看我们。
这个孩子，他还说不来他要什么，
只是陪我们跪下来举起手，
他给我们的请求提供的理由，
比你的拒绝更有力。来，我们走。
这人是伏尔斯人生的，
他妻子在科利奥里，他孩子
像他纯属偶然。打发我们走吧。
在我们的城市陷入火海前，我不会开口了，
到了那天我会再说几句。

科利奥兰纳斯握住她的手，沉默不语

科利奥兰纳斯　　噢，母亲，母亲！
您做了什么？看！天都裂开了，
神明俯视苍生，嘲笑这幕悖逆伦常的
场景。噢，我的母亲！母亲！噢！
您为罗马赢得了一场幸运的胜利，

可对您儿子来说，相信我，噢！相信我，

被您打败的儿子不是陷入死地

也是身处险境了。（众贵妇与小马歇斯起身）随它去吧。

奥菲狄乌斯，虽然我不能真去打这一仗，

我可以为双方缔结和约。好奥菲狄乌斯，

如果你是我，会对自己母亲的话

更冷漠吗？会更吝于答应她的请求吗，奥菲狄乌斯？

奥菲狄乌斯　　我看了也很感动。

科利奥兰纳斯　　我敢发誓你也被打动了。

将军，让我眼中流下同情之泪

并非易事。尊贵的将军，

请告诉我你们想要怎样的和约。至于我，

我不去罗马，我会和你们一起班师回朝，请你

在这件事上支持我。——噢，母亲！妻子！

奥菲狄乌斯　　（旁白）很高兴看到慈悲和荣誉

在你心里起了冲突。我可以利用这点

来恢复原有的地位。

科利奥兰纳斯　　（对众贵妇）好，稍等片刻。

我们先一起喝一杯，你们可以带个

比言语可靠的凭据回去，那是我们

在同样情况下也会让交战双方签署的。

来，跟我们进去。几位夫人，罗马该

为你们建一座神殿，意大利所有的刀剑

和她那些联军的武器，

都缔结不了这样的和约。　　　　　　　　众人下

第四场 / 第二十景

罗马

米尼涅斯与西西涅斯上

米尼涅斯　　你看见元老院的那个角了吧，就是那块基石？

西西涅斯　　嗯，看见又怎样？

米尼涅斯　　要是你能用小指头把它挪到别处，那罗马的贵妇，特别是他母亲，或许有希望说服他。可我看再也没什么希望了。我们死到临头，注定要引颈就戮。

西西涅斯　　难道人在这么短的时间里就会有那么大的变化？

米尼涅斯　　毛毛虫和蝴蝶大不相同，可蝴蝶就是毛毛虫变的。这马歇斯已经由人化龙，长了翅膀，不只会爬了。

西西涅斯　　他本来很孝敬母亲。

米尼涅斯　　他本来也很爱我，可现在就像八岁的马，完全把母亲弃之脑后了。他那副尖刻相简直能叫熟葡萄变酸；他走起路来，就像战车开过，把地面都给压陷了；他的目光连胸甲都能洞穿；他的话音是丧钟，哼一声也像炮轰。他高踞宝座，活像一尊亚历山大大帝的塑像，令行禁止。除了不能永生，少了个让他称雄的天庭，他就是神明。

西西涅斯　　说得是，要是你形容得对，他还缺少神明应有的慈悲。

米尼涅斯　　我是按他的本来面目形容的。你且看他母亲能让他发什么慈悲。他能发慈悲，公老虎也会有乳汁了，我们这个可悲的城市就会发现情况确实如此。这都是你们一手造成的！

西西涅斯　　神明保佑我们！

| 米尼涅斯 | 不，神明在这种事上不会保佑我们。我们放逐他的时候，就触怒了神明。现在他回来扭断我们的脖子，神明也不会怜惜我们。 |

一信差上

信差	（对西西涅斯）
	先生，您若想保住性命，就快回去避避风头吧。
	民众逮住了另一位护民官，
	把他拖来拖去，大家都发誓说如果
	那几位罗马贵妇带不回好消息，
	就把他碎尸万段。

另一信差上

西西涅斯	有什么消息？
信差乙	好消息！好消息！那几位夫人成功了，
	伏尔斯军队已经拔营撤军，马歇斯也走了。
	罗马从来没有这么欢乐的日子，
	对，连赶走塔昆家族[1]的时候，也没今天欢乐。
西西涅斯	朋友，你确定有这么回事？
	这肯定是真的？
信差乙	就像我知道太阳是火那么真。
	您是躲到哪儿去了，才会怀疑这消息有假？
	为之欣慰的人们涌出城门，
	比风卷起的浪涛穿过桥洞还快。

鼓号、双簧管齐鸣

嘿，您听！

喇叭、长号、弦琴、横笛、

---

1 塔昆家族（Tarquins）：指罗马（实现共和制前）的最后几位君主。

手鼓、铙钹，还有欢呼的罗马人，
让太阳都跳起舞来了。（幕内欢呼声）
您听！

米尼涅斯 这真是好消息。
我要去接那几位夫人。这一位伏伦妮娅
就抵得上满城的执政、元老和贵族。
像你们这种护民官，
就算布满海洋和陆地，也比不上她一个。
你们今天的祷告真灵，
早上我还不肯出一个小钱
来买你们一万条命呢。听，他们多快乐！

乐声与欢呼声依旧

西西涅斯 （对信差）第一，愿神明为你送来的好消息赐福于你；
第二，接受我的谢意吧。

信差乙 先生，我们大家都有无穷的理由来表达无限的感激。

西西涅斯 她们离城不远了吧？

信差乙 就快进城了。

西西涅斯 我们也去迎接，也好助助兴。　　　　　　　　众人下

第五场　　/　　景同前

二元老率其他贵族陪伏伦妮娅、维吉利娅与凡勒利娅上，过台面

元老甲 请看我们的女恩主，罗马的生命之源！

把你们的族人都召来，赞美诸位天神，
燃起欢庆的篝火，在她们面前抛撒鲜花，
你们的呼声要比放逐马歇斯时的鼓噪响亮，
用对他母亲的竭诚欢迎来撤销对他的判决。
大家喊，"欢迎，夫人们，欢迎！"

众人　　　　欢迎，夫人们，欢迎！

鼓号齐奏花腔　　　　　　　　　　　　　　　　　　众人下

第六场　　/　　第二十一景

科利奥里城
塔勒斯·奥菲狄乌斯率众侍从上

奥菲狄乌斯　　去禀告城里的大人，说我到了。
　　　　　　　把这封信呈上去，请他们读完了
　　　　　　　就去市场，我会在那儿
　　　　　　　当着他们和民众的面，
　　　　　　　证明信中所言全是实情。我控告的那个人，
　　　　　　　此刻大概也进城了，他也想
　　　　　　　在民众面前说几句
　　　　　　　好话为自己开脱。快去。　　　　　　众侍从下

奥菲狄乌斯的三四党羽上

　　　　　　　欢迎之至！

党羽甲　　　将军可好？

奥菲狄乌斯	我就是个被自己的布施毒害、
	让自己的善心杀死的人。
党羽乙	尊贵的将军，如果您还想让
	我们帮您，我们就能
	让您摆脱目前的重大危机。
奥菲狄乌斯	先生，这我可不好说。
	我们得看民众的意向行事。
党羽丙	你们两个要是继续对立，民众的好恶
	也会继续飘摇不定。可你们中间若是有谁倒了，
	剩下那个就成了众望所归。
奥菲狄乌斯	我知道。
	我得找个天衣无缝的借口
	才好狠狠抨击他。他是我提拔的人，我拿
	自己的名誉担保他的忠心。可他成了显贵之后，
	就用谄媚的露水浇灌新植的苗木，
	骗我的朋友去归附他。出于这个目的，
	他有意控制刚恢自用的火爆性子，
	摆出一副谦恭的姿态。
党羽丙	将军，他先前竞选执政时，
	就是因为傲得不肯迁就人
	才落了选——
奥菲狄乌斯	这正是我想说的。
	他为此被放逐后，就来我家
	引颈就戮。我收留了他，
	把他当成同僚，对他
	有求必应。为了帮他达到目的，
	我让他从我的部队里

挑选最精干的人手，并亲自协助他，

为他赢得荣誉；可他却把荣誉

完全收归己有，甚至有点以这样挤对我

为荣，最后弄得

我简直成了他的部下，不复为同僚了。

他还给我脸色看，好像

我是雇佣兵，这就是给我的报酬。

党羽甲 他正是这副德性，将军。

弟兄们都很惊讶。后来

他几乎攻下罗马，我们满以为

这下能名利双收了——

奥菲狄乌斯 正是，

为了这次的事，我非好好教训他不可。

单为女人那几滴不比

谎话值钱的眼泪，他就出卖了我们为这次重大行动

花费的心血。他非死不可，

他垮了我才能东山再起。

鼓号齐鸣，夹杂民众的高呼声

你们听！

党羽甲 您自己回乡，

就跟开路的 [1] 一样无人闻问，

他回来倒是欢声震天。

党羽乙 那些忍气吞声的傻瓜，

---

1 开路的（post）：意即"（在要人驾临前先派出的）信差"。奥菲狄乌斯是安丁姆人，在普卢
 塔克的《希腊罗马名人传》中这一场发生在安丁姆，但莎士比亚为了增强科利奥兰纳斯之死
 的戏剧效果，把场景安排在科利奥里城。

子女都死在他手上了，还扯着破嗓门
称颂他。

党羽丙 所以，为了您好，
我劝您还是趁他不及为自己辩白、搬弄唇舌蛊惑人心，
就让他吃您一剑，
我们自会拔刀相助。等他蹬了腿，
您就好随口编派他的罪状，他纵有天大的理由，
也只能和尸首一道入土了。

城中众官上

奥菲狄乌斯 别说了，大人们来了。

众官 您回来啦，欢迎之至！

奥菲狄乌斯 愧不敢当。
诸位大人可曾细看
我的信？

众官 看了。

官员甲 也觉得很痛心。
他以前的种种过错，我认为
或可从轻发落，可他这样
半途而废，放弃
我们征兵课税谋求的利益，害我们
白花军费，还在敌人快投降时
缔结和约，就罪不可恕了。

奥菲狄乌斯 他来了。诸位听听他怎么说。

旗鼓前导，科利奥兰纳斯率众平民上

科利奥兰纳斯 你们好，诸位大人！我回来听你们差遣了，
我还和离开祖国时一样，
对它毫不留恋，也仍然服从

诸位的意旨。报告诸位，
我顺利执行了自己的任务，
率军杀开一条血路，
直叩罗马城城关。我们这次带回的战利品，
论价值整整超过军费的
三分之一。我们缔结的和约，
让安丁姆人获得极大的荣耀，
也让罗马人大失颜面。现在呈给诸位的
就是我们议定的条款，
上边有罗马执政和贵族的签名，
还有元老院的印章。（他呈递给众官一纸）

奥菲狄乌斯	不要读，诸位高贵的大人。 告诉这个叛徒，他僭用了你们的权力， 实属罪大恶极。
科利奥兰纳斯	"叛徒"？这是怎么回事？
奥菲狄乌斯	不错，叛徒，马歇斯。
科利奥兰纳斯	"马歇斯"？
奥菲狄乌斯	是的，马歇斯，卡厄斯·马歇斯。你以为 我会在科利奥里用你窃取的名号 "科利奥兰纳斯"称呼你？ 各位长官，各位大人，他背信弃义， 辜负了你们的重托，为了几滴眼泪， 就把你们的罗马城—— 注意，我说的是"你们的罗马城"—— 拱手让给了他的妻子和母亲。 他背弃自己的盟誓和决心， 就像扯断一绺烂丝，也不征求

战友的意见，一见他母亲流泪，
就号啕大哭着牺牲了你们的胜利，
连小听差都替他脸红，勇士们
更是面面相觑，惊愕不已。

科利奥兰纳斯 您听见了吗，玛尔斯？

奥菲狄乌斯 别提战神的名字，你这爱哭的孩子！

科利奥兰纳斯 什么！

奥菲狄乌斯 我说完了。

科利奥兰纳斯 你这信口雌黄的家伙，我的肺
都要气炸了。"孩子"！噢，小人！——
请原谅，诸位大人，我还是头一回
迫不得已骂人呢。请各位大人明鉴，
痛斥这狗贼的谎言。
他身上还留着我的鞭痕，
他该带着我给他的伤疤进坟墓。
他自己也清楚的真相同样能证明他在撒谎。

官员甲 你们两个别闹，听我说。

科利奥兰纳斯 把我碎尸万段吧，伏尔斯人，大大小小
都让自己的剑喝我的血吧。"孩子"！撒谎的狗东西！
要是你们的史书所载属实，那上边肯定写着
我过去是怎么像鹰入鸽棚，
把科利奥里城的伏尔斯人全吓得魂飞魄散。
我那时可是孤身一人。竟敢叫我"孩子"！

奥菲狄乌斯 哎呀，尊贵的大人们，
你们愿意让这大言不惭的罪人
当着你们的面，炫耀他的侥幸，
让你们想起自己的耻辱吗？

众党羽	让他以死谢罪！
众城民	（各自喊）把他撕成碎片！立刻杀死他！
	他杀了我儿子！还有我女儿！他杀了我表亲
	马尔库斯！他杀了我父亲！
官员乙	静一静，喂！不许胡来。静一静！
	这人是英雄，他的威名
	声震寰宇。他这回对我们犯的罪，
	必须依法审判。住手，奥菲狄乌斯，
	不准扰乱治安。
科利奥兰纳斯	（拔剑）噢！要是我能用正义之剑杀死他，
	杀死六七个奥菲狄乌斯和他那伙爪牙就好了！
奥菲狄乌斯	（拔剑）嚣张的恶棍！
众党羽	杀，杀，杀，杀，杀死他！

二党羽拔剑刺杀马歇斯，马歇斯倒地；奥菲狄乌斯踏在他的尸体上

众官	住手，住手，住手，住手！
奥菲狄乌斯	尊贵的大人们，听我说。
官员甲	噢，塔勒斯！
官员乙	（对奥菲狄乌斯）你干了一件
	要让勇士落泪的事。
官员丙	（对奥菲狄乌斯及其党羽）别踩在他身上，先生们，
	大家静一静。都给我收起剑来。
奥菲狄乌斯	各位大人，
	你们日后会明白——虽然在这场
	他引起的震惊中你们还意识不到——这人活着
	给你们构成了多大的威胁，你们会发现
	铲除这个祸患是莫大的幸事。诸位大人
	可传我去元老院问话，我能证明

自己是你们的忠仆，不然就甘受

最严厉的处罚。

官员甲　　把他的遗体抬走，

你们要为他致哀，把他

当作最高贵的人，用最隆重的仪式

好生安葬他的遗骸。

官员乙　　他自己性情急躁，

免去了奥菲狄乌斯的大部分责任。

事已至此，我们还是尽量善后吧。

奥菲狄乌斯　我的气已经消了，

现在非常难过。把他抬起来。

让三个军阶最高的来抬他的遗体，我也抬。

鼓手，敲出悲悼的节奏，

倒拖你们的钢矛。他杀了很多城民的

丈夫和儿女，

让他们哀恸至今，

但还是该有个崇高的身后之名。大家来帮我一把。

　　　　　　　　　　　众人抬马歇斯的尸体下。奏丧礼进行曲

《科利奥兰纳斯》译后记

邵雪萍

　　学习莎剧有些年头了，翻译整部莎剧还是头一回。最初想译的是莎士比亚的《泰特斯·安德洛尼克斯》，那部作品留有莎士比亚在戏剧创作上的成长印记，从语言、结构上看更适合我这种莎剧翻译新手，《科利奥兰纳斯》这种巅峰之作，应当留给资深译者。但因偏爱该剧，就贸然应承下来，让自己与莎士比亚多了个奇妙的交集，由衷感谢北京大学的辜正坤教授为我提供这个宝贵的锻炼机会！

　　翻译这部剧作的时间正好与我组织清华大学外国语言文学系 2013 年本科生综合论文训练工作、准备博士后出站材料、找工作、租房子、搬家等事情叠合，将来提起这部译作，准会想起这段燃烧生命的时光。为保证翻译质量，我阅读了能找到的国外权威出版社出版的《科利奥兰纳斯》文本，又参考了朱生豪、梁实秋等名家的译文和方平担纲主译的《新莎士比亚全集》里的相关剧作，还结合自己研读该剧的感受，反复揣摩剧情、剧文，并借助话剧《大将军寇流兰》的 DVD，比照英若诚的译本检查译文是否流畅上口。

　　这次的翻译既是再欣赏、再比较、再分析的过程，也是深入学习的过程。忙得住办公室的日子，一打开译文文档，心就沉静下来，自由地追逐莎士比亚的目光和笔触，去经历罗马的峥嵘岁月，与那些源于历史又超越历史的人物共呼吸，觉得小小的办公室忽而是平民喧哗起事的罗马街道，忽而是元老运筹帷幄的神殿，忽而是血流成河的科利奥里城……文学的确是生命的孤独中最好的友伴，它能在斗室中辟出新的宇宙。2013 年 7 月 20 日，我完成该剧第一幕的初译，对做好该剧的翻译工作略有把握。当晚仍在办公室加班，凌晨两点在座椅上打盹，睡意沉沉间意外发现一只小小的萤火虫在黑暗中轻灵地飞舞，不禁将它假想为一颗星星，"不息的灵魂之乐"仿佛就在耳畔回荡。

《科利奥兰纳斯》在中国当数最受误解的莎剧之一。以往的研究者和译者常对科利奥兰纳斯口诛笔伐，将他化约为一个讨嫌的角色，这大多出于两个原因：首先，科利奥兰纳斯多次斥责罗马平民；其次，科利奥兰纳斯被放逐后引伏尔斯人攻打故国罗马。在许多有影响力的期刊论文和学术会议论文里，科利奥兰纳斯被解读为一个蔑视群众的人民公敌，一个叛国投敌的恶贼，他的死不是悲剧，而是罪有应得。我无法苟同这类观点。谴责科利奥兰纳斯是人民公敌的人，显然将一批在国难当头时不肯为国效力、在应当浴血奋战时只知搜刮财物、在应当坚守阵地时抱头鼠窜的鄙夫与"以劳动群众为主体的社会基本成员"混为一谈；将科利奥兰纳斯对好吃懒做、自私自利、贪生怕死的个人的排斥，定性为对"人民"的仇恨，完全扭曲了他的形象，也无视了"人民"的崇高政治内涵。

而诋毁科利奥兰纳斯被逐后引伏尔斯人攻打罗马为叛国投敌的人，则忽视了至关重要的一点：科利奥兰纳斯忠于罗马的义务，在罗马罔顾其赫赫战功、将他逐出城门时已然终结。国家与个人之间的纽带历来是双向的，对国家之爱以国家与个人之间的一系列权利义务关系为基础。它是一种互敬和互爱，从本质上说与长上对低幼的愚弄、奴役，或低幼对长上的迷信和盲从不相容。放逐虽非完人、却时刻准备为国捐躯的科利奥兰纳斯，单方面与他断绝关系的罗马，正像因为孩子有缺点，就要将其置于死地的母亲，已由 mother 蜕变为 monster。孩子为保护生存权与这种 monster

抗争，借助外力申讨其伤天害理实属情有可原。攻讦科利奥兰纳斯为卖国贼的人常认为，使他被放逐的是诡诈的护民官，而不是"光荣的"罗马，所以他应将讨伐的对象局限于前者，而非泛化为后者。这种观点实际上是响彻封建时代的"有谗臣、无昏君"论调的翻版，在帝政历史悠久的国家仍有影响。正是城邦体制的缺陷让利欲熏心之人登上护民官的权位，将功臣赶出国门，让城邦和城民面临灭顶之灾。要改变罗马的昏暗政治，需要的不是一次针对个人的刺杀，而是一场更新体制的革命。

剧中的伏尔斯人虽被罗马人蔑称为蛮族，却能不计前嫌、知人善任，在战争时期上下一心，在和平时期秩序井然。虽然他们的将领奥菲狄乌斯嫉妒科利奥兰纳斯的军功而将其害死，伏尔斯元老都众口一词强烈谴责这种个人行为，要让科利奥兰纳斯的葬礼哀荣并至，充分表明对他的肯定。如果说能识英才而善用之是一个国家进步与否的重要标志，伏尔斯比罗马更加文明。科利奥兰纳斯加入伏尔斯人，是一种所迫的投诚。莎士比亚绝不可能将这种行为定性为投敌卖国，否则该剧的原名就不会叫《科利奥兰纳斯的悲剧》，而会有个与"卖国贼覆灭记"相类的题目。

在译本完成之际，尤其感念清华大学外国语言文学系的王宁教授和北京外国语大学中国外语教育研究中心的陈国华教授对我的大力支持，是他们以身作则，锐意进取，树立了好榜样引导我在学术之路上不断前行；还有 Peter Pan，我记得你说过有的译本只能反映译者的胆量而非才干，所以译得很小心。外研社的姚虹、徐宁、钱静雨等编辑老师也在译本完成过程中为我提供了不少便利，并提供了宝贵的修改意见，没有他们的帮助，译本是难以问世的。此外我也深深感谢家母童小敏，她总在我困于案牍时拖我去锻炼，让我有体力应对学术科研的持久战。"谁言寸草心，报得三春晖"，谢谢妈妈！另外感谢 Ruby、大头、阿比、有惜、北北这帮 heart melters 积极"添乱"，我爱你们！